U0522460

熊

THE BEAR

[美] 安德鲁·克里瓦克 —————— 著
黄建树 ————— 译

浙江文艺出版社

果麦文化 出品

献给

科尔、布莱斯和路易莎

也献给

阿梅莉亚

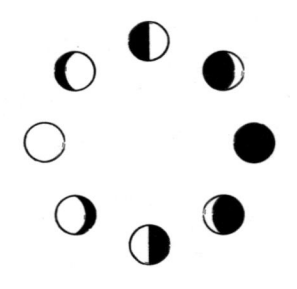

直到很久以后

我们才猜出它的本质。

——拉尔夫·沃尔多·爱默生,

《随笔:第二辑》

●

最后只剩女孩和她的父亲，两人生活在古老的东部山脉，住在一座他们称之为孤山的山的一侧。年轻时，男人和一个女人来到这里，用木材、从地里挖出的石头和混合泥沙做成的灰泥盖了栋房子。房子坐落在半山腰，向外望去是一片被桦树和蓝莓树环绕的湖泊。蓝莓在夏天成熟后结出很多果子，女孩和父亲会乘独木舟沿湖岸采摘。透过房前的一扇小窗户，女孩能看到鹰在湖心岛的浅滩上捕鱼，在炉火上煮早餐时还能听到潜鸟的鸣叫。做窗户的玻璃是女人的双亲从上一辈那里收到，送给她当礼物的，由于制作技艺早已失传，如今已变得十分珍贵。

雪在秋分过后不久的冬天开始落下，在春天过后的数月里还会再次造访这座山。暴风雪一来便是几天甚至几周，积雪贴着房子往上爬，掩埋道路，与一些树木齐高。通常男人不得不蹚雪去找柴火，或把绳子系在腰间，步履艰难地走去森林边上的工具棚。

等到暴风平息，天气放晴，低沉的阳光再次照耀，男人便会把小女孩裹得暖暖的、紧紧的，步入屋外寂静的冬天，穿着白蜡树树枝和生牛皮做的雪鞋，轻盈地走去结冰的湖面。在那里，两人会花上一天的时间在冰上钓鳟鱼和鲈鱼。

雪从山顶延绵到湖边，覆盖了大半天地。几乎有半年时间，每当望向窗外，她都只能看到一片覆盖在白雪下的宁静风景。

然而不管冬天多么漫长，春天总是紧随其后。它的到来既和缓，又莫名让人感到意外，就像醒来时听到的鸟鸣的音符，或者水滴从树枝滑落到地面的啪嗒声。积雪融化时，曾经色调一致的森林地表上显现出黑色的岩石、灰色的地衣和棕色的树叶，在铁杉和松树群的映衬下，树叶愈发绿意盎然，纤细的银色轮廓也开始变得清晰。那些日子里，女孩和父亲一早便离开家，仔细看着一个从森林的泥土中钻出来、从湖泊边缘的水中冒出来的新世界。沐浴着和煦的阳光，她躺在地上，想知道世界和时间本身是否也像鹰和隼一样，在她头顶上方翱翔，划出一道长长的弧线。她清楚这弧线只是它们旅途的一部分，因为它们一定是从某个她尚未见过的未知之地出发，最终又将回到那里。

一年四季中，有一天是女孩的最爱。夏至。一年之中白昼最长的一天。男人告诉她，她就出生在那一天。他把夏至前夜送女儿礼物定为一项传统。她不记得哪些礼物是最早收到的，但一视同仁地珍视它们。一只栩栩如生的雕花木鸟，看起来像是会飞。一个用鹿皮和鹿筋做成的钱包，来自她的母亲，里面装着她在湖边找到的彩色石子。一个用实心橡木做成的水杯，她用它来喝水。一只锦龟，男人摊开双手时慢慢从他手中爬出来，她把它当宠物养了一个夏天，秋天时去湖边放归了。

女孩五岁生日前夜，男人在晚饭后给了她一碗新鲜草莓，并说，今晚我有一份特别的礼物要送你。

他递给她一个桦树皮做的盒子，盒子周围系着一条长长的干草，打成一个蝴蝶结。她解开蝴蝶结，打开盒子。里面有一把银梳子，擦得很亮，看起来和她以前见过的都不一样。

她盯着梳子看了很久，直到男人打破沉默。

这是你母亲的，他说。我一直在等着把它送给你。当我看到你在湖边披头散发打斗的时候，我想，就是今年了。

她把手伸进盒子，取出梳子，就像对待一件脆弱而值得敬畏的东西那样把它拿在手里。

我很喜欢。她轻声说着，握住梳子，爬进父亲的怀里拥抱了他。

从女孩能记事起，男人的声音便一直环绕在她耳边，所以她从没想过是否有其他人也曾和她说过话。直到当她长大到可以走出房子，走进树林或去到湖边时，她开始注意到动物们的一些习性。两只狐狸带着一群幼崽在兽穴里蹿进蹿出。每年夏天都有两只潜鸟护送幼鸟穿过湖心深处。春天她看到雌鹿在山脚的一块小草地上吃草，小鹿就在它们身旁。于是，当女孩练习完用梳子梳头，男人为她盖好被子，吻着她道过晚安后，她便抬头看着他问道，你为什么孤身一人？

男人在她床边跪下。

谁说我是一个人，他说。我有你呀。

我知道，女孩说。我想问的是，母亲去哪了？我的周围到处都是你说曾经属于她的东西，可她却不在这里。

她在，他说。在我们心里，因为我们都记得她。

但我不记得了，她说。她怎么了？

男人低下头，然后又抬起来。他告诉女儿，当他和女人埋葬了他们的父母，来到这座山上造好房子之后，她就是他所知道的全部世界了。他一度觉得他们将在这个世上孤独地度过余生，直到她发现自己怀上了孩子。

我，女孩说。

是你，男人说。可等时候到了，她却不得不花费很大力气才把你带到这个世界上。在那之后,除了给你喂奶和歇着,她便什么也做不了了。但她很坚强。坚强到撑过夏天、秋天,给了你必要的乳汁和营养。可我知道她迟早会离开我们,前往那个若是没有因生育而挣扎便绝不会去的地方,而且你和我都没办法跟着。猎月[1]到来的前一晚,她睡着了,再也没有醒来。

男人转过身,朝黑暗中看了一会儿,又转身看向女儿。她坐直身子,从毯子下面伸出手,握住了他的。

没关系,她说。我懂。

他微笑着说,你是个聪明的女孩,但还是有很多你不懂的事。有很多你不用懂的事。时候还没到。

比如?她问。

呃,比如为什么这些年来我虽然每时每刻都在想着你,却依然会忆起她。我依然很想念她,希望她也在这里。

---

[1] 在美洲神话传说中,每个满月都有自己的名字。猎月是秋分之后的第一个满月,因为此时的月亮十分明亮,能够帮助猎人在夜间追捕猎物,故名。全书注释均为译者注,后不再说明。

女孩又躺回了枕头上。

有一天你也会想念我吗？她问。

会有那么一天的，男人说。

这时女孩安静了下来，男人以为她已经睡了，但黑暗中她又问道，陪着你的不是她而是我，你会感到难过吗？

不，一点也不！对这个房间而言，男人回答的声音太大了。他把女孩的手握得更紧了。一点也不。你知道吗，你给我带来的欢乐超越了我从过去到现在的一切悲伤和希望。要是没有你……

声音越来越小，他低头盯着地板，然后再次看向女儿。

要是没有你，我就只能孤身一人，他说。没有你，我也只能孤身一人，女孩说。

伴随着夏日黄昏，一抹月光从窗户溜进房间，男人能在女孩的脸上看到女人的痕迹。

我知道我们该怎么办了，他说。明天我们可以爬去你母亲安息的山顶。她爱那座山。她曾说那山顶看起来像头熊。我也想让你去看一看。你觉得怎么样？

好，女孩说。

就这么定了，男人低声说完，第二次吻了她的额头，给她盖好被子。好好休息吧。明天我们要爬很久的山。

女孩翻了个身，蜷缩在毯子下，月光还没离开窗户她就睡着了。

她在黎明时分被一只灰色猫鹊的歌声唤醒,走进了厨房。男人正在做早餐,有干苹果片和薄荷叶茶。

美丽的早晨,他对女儿说。吃完饭我们就出发。

女孩揉了揉眼睛,在桌旁坐下。她睡得不好,夜里醒了好几次。她做了个梦,梦到自己在孤山山顶和家之间的某处迷了路。她不确定自己能不能,甚至不确定自己想不想在那天早上登山,却没把这些想法说出口。男人说她母亲就埋在山顶的土地下,所以她要尽全力到那里去,为了母亲,也是为了他。女孩默默地吃东西、喝茶,往葫芦里灌满水。然后她穿上方便在石头上行走的厚鹿皮鞋,说,我准备好了。

有一条小路。不太像样,但看得出是条路。第一段路走起来不比从水边到房子更难。可爬着爬着，地势却变得愈发崎岖，小道也更陡了。等到太阳升起，湖的东西两岸全都沐浴在阳光中时，他们已经手脚并用，爬上一块又一块巨石，抵达了山的中间点。他们在一块凸起的石头上歇了歇脚。

女孩喝了水，吃了把山核桃。她的额头在出汗，腿也很痛，但已经不能回头了。以她在歇脚处看到的情形来说，通往山顶的路好像比刚才那段更难走。

男人想知道她在想什么，便说，以前你母亲和我每年夏天都会一起来这里，但那时我们已经成年了。你知道这意味着什么吗？

原本看着山顶的女孩这时回过头看向父亲，说，意味着我比你们都厉害。

是的，男人说着，笑了起来。我有种感觉，你永远都会比我们更厉害。

他站起来，把他出门时总是带在背包里的东西挪了挪位置。刀，燧石和铁片，骨针和筋线，树坚果，还有他自用的装满了水的葫芦。

我们会再休息一次，他说，然后继续上山。

女孩站起来，跟了上去。

他们抵达了山顶基座一处崎岖的岩架，据男人估计，时间已经过了中午。空气很凉爽，天空晴朗无云。一阵强劲而稳定的风吹拂着他们手肘和背上的皮革。他们凝视着一只鹰，它在热气流中漂浮，就像秋天里一片孤独而无畏的树叶。他们熟知的整个世界在脚下舒展开来。山坡。森林。湖。

女孩问父亲从这里能不能看见他们的房子。顺着父亲的视线看去，只见他指向了屋顶后坡上的一小组白色橡木瓦片。在无边无际的绿意和炉火中升起的轻烟映衬下，瓦片清晰可见。接着她转身仰望山顶，山顶距离他们不超过二十大步，锯齿似的岩石上没有树，就那么暴露在无数个风吹日晒、雨淋雪打的日夜中。山顶后面只有天空，轮廓看起来很像熊的头，正在凝望碧空。在另一侧她看到一座石碑，仿佛就坐落在熊的肩膀上，上面有一块大扁石。风吹过她的手臂和胸部，她能感觉到自己的汗在变凉。她看了看父亲，指着那堆石头。他点点头，两人一起迈出最后的步伐。

石碑很宽，但并不比一棵矮松高。横放在上面的扁石看起来像一张桌子，表面光滑，没有任何装饰。女孩站在远处，想知道父亲是怎么把石头搬起来放在那里的。

去吧，他说，你可以摸摸看。

她走上前，把手放上去，想看看是否有自己没看到但却存在的文字和雕刻图案。

她就在石头下面吗？女孩转过身问道。

不，男人说。她被埋在土地底下—— 她的遗骨。那是我能挖到的最深处。我不希望有什么东西打扰到她。

她的手依然游走在扁石的顶部。

你一个人是怎么搬动这个的？她问。

不知道，他说。我只记得出发时是一个秋日，当我完成并带你一起下山的时候，天上下起了雪。

带着我？

嗯。我背着你。用的是同一个背包。

你花了很长时间吗？

也没有。情况变化得很快。

跟我说说吧，她说。

于是他们靠着石碑避风的一侧坐了下来。

男人深吸一口气，告诉女孩，在他醒来后发现女人死于睡梦中的那个早晨，他觉得她痛苦的挣扎终于结束了。他在她身边躺了很久，直到想明白该怎么办。他把女孩抱出摇篮，喂她喝水，给她吃他前一晚煮的甜菜泥，把她放进他为了背她做的包里，然后开始收集大小不一的木料。一开始是树棍和小树枝，接着是大树枝和整根原木。它们来自他在森林里发现的倒下的树。他在湖边堆起一座巨大的柴堆，把最干和最薄的放在下面，原木和树枝放在顶上，搭成停尸架。他只在喂女孩吃东西和喝水时停下，忙完时已经是黄昏了。他走回房子，把裹在毯子里的女人的尸体抬到湖边，放在柴堆顶部，在天空中开始出现星星时放火点燃了柴堆。

他彻夜未眠，看着那堆木料燃烧，完成了火葬。早上他起身喂女孩吃早餐，然后背着她爬到山顶。

他将她安置在形状像熊的岩架的阴凉处，开始清理一小块满是石头和泥土的地面。他为女人落泪，一边干活一边和女孩说话，好让她知道自己还在边上。他告诉她，她的母亲有多么坚强、多么美丽，但他们是时候和她说再见了。等他尽可能多地搬开石头，尽可能深地挖好坑，便在明朗的月光下带着女孩徒步下了山。

他睡了几个小时，感觉到夜里气温骤降，却连生火的力气都没有。太阳升起时他来到湖边，收集女人的骨头和骨灰，用毯子包起来。接着他再次把女孩装进背包，将女人的遗骨运往孤山山顶。他把骨头和骨灰放进浅浅的坟墓，用土填平，在坟墓上堆了足有三层高的石头。

当时我起身往北方望去，他对女孩说，能看到暴风雪就要来了。我能闻到雪的气味。等到明年夏天，我才有机会再来这里，可我当时甚至不确定自己想不想再来。我很愤怒。因为你母亲不在了。因为我很孤独。因为大自然的万事万物。就在那时，我看到了这块石头——过去的两天里，我一直在绕着它走。我弯下腰,一边喊,一边用尽所有的愤怒和力量把它举了起来。我的喊声很大,你也开始和我一起喊,山上的风里满是我们的叫喊声。我想要一些能保存她记忆和遗骨的东西。没有什么能阻止我,直到我把这块石头放在了你现在看到的地方。

女孩沉默了很久,她的父亲也低头沉默着。

我希望我能记得她,她终于开口。记得跟她有关的一些事。但我却不记得了。

你那时还太小,男人说。

不过,有时我的记忆中并不是只有你和我,女孩说。有时还会有另一个人。离得太近,我看不清脸。但有个人在那里陪着我。

男人点点头。我知道,他说。

她长什么样?女孩问。

男人想了一会儿。

下次你望向湖面的时候就会看到她,他说。

我希望一有机会就来看她。

那我们每年都来爬山,男人说。就在白昼最长的那天。也是我们全家在一起的第一天。她肯定喜欢这个安排。

我也喜欢,女孩说。

接着他们从避风处站起来,走回了山下。

那个夏天，男人开始教女孩学习他所了解的湖泊和土地的知识。他告诉她要去哪里潜水捞贻贝。他们会把贻贝煮熟，配上一盘野洋葱当晚餐。他教她做捕兔陷阱，教她用香蒲根茎和玫瑰果酱做甜点，搭配用陷阱捕到的猎物做成的菜。他手把手教她做鱼叉，把一棵树苗从顶端一劈为四，将尖的那头磨得更尖，绑在石头垫片上，她则练习把鱼叉掷向他们在湖湾筑起的围栏里捕到的鱼。他教她如何从他用山核桃木做的单体弓射杀的鹿身上取下肌腱，将鹿皮做成皮革。教她在秋分前一枝黄盛开之际寻找成群的野蜂，从它们筑巢的树上取蜜。趁着天气炎热、他们在湖边休息时，他又教她用正午标记估算时间。他在一块老旧的漂石上做下了这个标记，漂石在很久以前就在这片绿草如茵的湖岸上了。

晴朗的夜晚,他带着女孩走到外面,教她观看天空,指着黄道上的星星,告诉她来到那里的星座叫什么名字。夏天,她学会了找到形似猎人的射手座,找到天蝎座的心脏和尾巴,以及武仙座那四颗明亮的星星。冬天,他带着穿了雪鞋的她来到结冰的湖面上,给她指巨大的猎户座,猎人的狗大犬座,以及天狼星——天空中最亮的星星,充当狗鼻子的那颗。他们一整年都在看北斗七星围绕北极星旋转,他告诉她,要是不确定回家的路,北极星可以给她做向导。

随着女孩年岁渐长,男人开始教她如何在漫长的夏日傍晚借着暮色,或是在看不见星星的冬夜伴着蜂蜡蜡烛阅读和写字。他用锡片当便笺本,用一根被火烧焦的棍子当铅笔。等她越写越顺手,他又给了她一些夹在皮套间的纸,还有一支总是被他用刀削得很尖的石墨铅笔。有一次她问他是从哪里得到这种纸和笔的,他只说它们已经陪了他很久。

她虽然喜欢纸，喜欢手指夹住笔的触感，但其实并不喜欢写作，只能忍着上完课。阅读是她的最爱，尤其是父亲念书给她听的时候。男人的有些书来自他的父亲，他轻轻拿着那些书，把它们存放在占据了小屋内一面墙的书架上。他读的诗歌来自一些名字奇怪的诗人，比如荷马、维吉尔、希尔达·杜利特尔和温德尔·贝里。诗里写到诸神、凡人和他们之间的战争，微小事物之美，以及和平。他读的故事有真有假。关于森林里的房子，猎人和美人鱼，还有寻找家园的兔子。当他读完吹熄蜡烛时，她总要问一句，像是要确认她已回到自己的世界：这些人，他们也不在了吗？

嗯，他会说。早就不在了。

那我们落单了？

不算落单吧。你有我，我有你呀。快去睡觉吧，明早见。

当她开始自行研究和解读男人念给她听的书中文字时，那些很久以前的斗争故事便又重获生机，就好像她是第一次听到那些故事，而且是通过自己的声音。她无需离开宁静而祥和的山，就能了解到过去的一切和它们的来龙去脉。多亏了那些用古老时代的古老语言讲述的故事，它们写在一张张旧纸片上，装订在破损的封面之间。

然而，在自己成为一名优秀的读者之后，女孩仍会要求父亲给她讲一个睡前故事，一个他年轻时听到的故事。

他总是说，我还没那么老，然后想一想当天让他意想不到的事，并以"我父亲曾经跟我说，有一次……"作为开场白继续说下去，编出一个故事。关于一次长途旅行，一次大获全胜的经历，或者一件失而复得的宝藏。这些故事有时来自孤山周围的土地，有时则来自一个只存在于男人想象中的遥远地方，最后则总会回到这座小房子——炉火旁安全又温暖。

女孩满七岁那年的夏末，男人划着他们的独木舟，跟在已经成为游泳能手的她后面穿越湖泊。在草地上休息时，他告诉她自己和女人是怎么做独木舟的。他说他和女人向北走了很远，找到可以用来做肋骨、横坐板和舷边的香柏，收集黑云杉的树根作为绳索，加热云杉的树脂来密封树皮接缝。

就是这只独木舟吗？女孩一边问，一边又看了看那只小舟。自打记事以来，她就一直在湖里来来回回地划着它。

就是这只，他说。它已经用了这么久了。

那年秋天，女孩和父亲看着一头熊从森林里出来，走向湖边，在水里扑腾，直到它嘴里叼着一条鱼，又动身回到森林，爬上山坡。这头熊让她想起山顶的轮廓，想起它紧挨着她的母亲，还想起自己第一次上山时的疑问，其中最隐秘的一个是，如果她的母亲真有那么坚强，为什么没能活下来留在他们身边呢？相反，她像一头在森林里穿行而过的熊，就这么走失了。

我母亲是头熊吗？她大声问道。这时，那只长着蓝黑色皮毛、胸前有一团白斑的动物已经消失在了森林里。

男人笑了，问道，你为什么会这样说？

她不想和我们待在一起，女孩说。她走了。上了山。就像那头熊一样。

男人这才明白女孩之前一直在想什么。

男人说，即使你提出要求，那头熊也不会留下。它的身子很大，脚也很大，在我看来就像一头野猪。公熊喜欢四处游荡，所以那头熊正在做它该做的事。带你母亲上山的那个人是我，还记得吗？她想做的只是和你待在一起。但我们不能选择何时离开这里，去山上长眠。总有一天我们都要去山上长眠。熊也一样。即便我们竭尽全力不愿如此，那一天也会到来。

男人沉默了很长时间，低头看着地面。然后他抬起头，对女孩说，过来。

她向他走去，直到他们肩并着肩。

坐下，把鞋脱了。

她照做了。他让她仔细看看那只鞋。鞣制过的鹿皮，整齐的针脚，虽然破旧，但鞋底依然牢固。

他说，这鞋是你母亲做的。做的时候，你还是她肚子里的宝宝。她用我和她用弓打到的鹿做了五双鞋。她做的每双鞋都大一码，等到你连最后一双鞋都穿不下的时候，就可以学着自己动手做了。

这是最后一双吗？

嗯，男人说。

要是她不确定自己会离开我们，女孩问，怎么知道只要做五双呢？

男人摇了摇头，仿佛在思考。

也许她确实知道，他说。于是你母亲想出了一个办法，这样她就可以年复一年地陪在你身边。就在你的脚下。直到你长得足够大，明白我们都得离开。

秋末的一天，他们懒洋洋地躺在男人挂在两棵松树之间的吊床上。这时女孩问森林里是否有别的熊，还是只有他们在夏天看到的那头。

有别的熊，男人说。它们来了又去，不与外界来往。

我喜欢那个看起来像熊的山顶，而且它会一直待在原地，女孩说。

所以我才把她安置在那里，男人说。当她长眠时，熊会陪着她。我希望有一天我也能在那里长眠。

女孩沉默了一会儿，然后问，它们是什么样子的？

熊吗？

嗯。它们友好吗？

它们很害羞，男人说，你是不是想问这个？

我想问的是，如果它们饿了，会向我们吼叫，来吃我们的食物吗？我是说那些真正的熊。

不会，男人说。它们不会吼叫，除非你打扰它们，或是威胁到它们的幼崽。我的父亲曾经告诉我，为了自己或他人，它们会走很远的路去做善事。这是它们在很小的时候就许下的诺言，甚至在还没睁开眼睛的时候，它们就小声把诺言说给了自己的母亲听。

女孩在吊床上慢慢地荡来荡去，不知道熊低声许下的诺言听起来会是什么样子，直到男人问，你想听听我父亲给我讲的一个故事吗？讲的是一头熊信守诺言，拯救了整个村庄。

想，女孩说着，迅速坐了起来，吊床几乎把他们掀翻在铺着松针的地面上，好在男人及时抓住了松树。开怀大笑过后，他给女孩讲起了这个故事。

很久很久以前，有一条宽阔蜿蜒的大河，河边住着一个国王，他要求王国里的村民把所有金银都献出来。村民们都是务农好手，拥有肥沃的土地，而他是国王。于是他们交出了金银，去田里种供自己吃的粮食，至少还有自己的劳动成果，他们对此心存感激。夏天平静地过去了，村民们正准备迎接有史以来最好的收成，这时国王却要求他们把粮食也全都交出来。

他们拒绝了，问，你为什么要这样对我们？那我们吃什么呢？国王一个问题都没有回答，只是派士兵拿走了村民们收获的一切。这样一来，人们只能从地上的灰尘里捡东西，以此维持生计。

那年冬天，就在日历上说春天快到了的时候，人们正处于饥饿边缘。有一头年迈却和善的熊从村里经过，打算去集市。看到村民们的模样，熊问为什么会这样。于是他们说出了实情。

我们的孩子会死，村里的老人说，我们也会死。到那时候，那个国王还能给谁当国王呢？

熊挠了挠帽子下面的毛发，然后要来了一辆小推车、一捆干草和一件大衣。他把干草放进推车，把大衣扔上草堆，朝国王的宫殿方向进发。

熊到达后请求觐见国王。站在国王面前时，他问富有的国王想不想看他跳支舞。

国王说想，因为他很孤独。于是熊跳了起来。

表演结束后，国王非常高兴，问熊是否愿意在早上再为他跳一次舞。

没问题，熊说。不过我有个条件，你得从你的仓库里拿些食物给我。

国王答应了。就这样，熊知道了国王从村民们那里拿走的粮食放在了哪里。那天晚上，熊把推车装得满满的，把带来的干草留在了仓库里。

早上，等到再次为国王跳完舞，熊又说，要是国王准许他到河对岸，让他练一支新舞，第二天他还会再来。国王答应了，于是熊推车离开城堡，粮食堆得高高的，严严实实地藏在大衣底下。宫殿守卫看到推车和熊来时是同一辆，便没有起疑心。

从上弦月到满月，熊一直重复着这件事，只给国王的仓库留下大堆干草。那段时间，他把所有粮食都还给了村民们。国王的厨师都没发现粮食不见了，他觉得熊只是在仓库中吃饱了，推车里的一直是干草。

如今，当满月渐亏，村民们可以重新养活自己的时候，便又问熊有没有看到他们的金银。熊说看到了，就存在别的仓库里，和国王放粮食的仓库在同一排。村民们说，要是拿回了钱，他们就能组建一支军队，把国王赶下台。可是他们绝望地认为自己再也见不到那些钱财了。

此时熊虽已错过集市，却喜欢上了村民们。他又挠了挠头说，我会把你们的金银拿回来。只请求你们等到我带着自己的军队回来帮忙的时候，再把国王赶下台。

村民们不敢相信自己的好运。

你有军队？他们问。

当然，熊说。我的军队由森林里的每只动物和每棵树组成。

村民们答应了，于是熊便去了宫殿。

国王见到熊高兴极了，因为他急需振作。可他在收获时节存下的食物全没了，不知道还能给熊些什么。

一块银子就够了,熊说,然后我就会离开。

国王答应了,熊则跳了自己跳过的最好的舞。之后国王让熊跟着守卫去仓库,熊觉得那支舞值多少银子就可以拿多少银子。熊信守诺言,只拿了一块银子放进口袋。他询问自己能否睡在这里,因为天色已晚,随着月亮渐亏,森林里会有强盗出没。

现在,当国王和所有朝臣都在睡觉的时候,熊用一块银子贿赂铁匠,让他点燃火炉,之后就可以回去休息了。当火炉烧热,铁匠像松弛的风箱一样打起呼噜时,熊把仓库里所有的金银都熔化了,把银子倒入四个轮子的模具,把金子倒入车身的模具。

早晨,熊从火炉里取出炉灰,把银子做的车轮和金子做的车身抹黑,推着他那堆盖着大衣的干草离开了宫殿。他穿过森林,进入村庄,将国王从村民们那里偷走的一切以推车的形式归还给了他们。

村民们高兴得不得了,想马上把金银熔化,开始打造自己的军队。这时,熊提醒他们先别投入战斗。等我回来再说,不然不会有好结果。

村民们同意了。熊挥手作别,沿着通往森林的路离开了。

四季轮转,熊却再也没有回来。最终村民们回归本行,种起了地。原来的国王去世了,他的女儿登上王位。这位年轻女人聪明、善良、宽容、美丽。她善待子民,作为回报,他们也效忠于她。村子里再也没有人见过那头熊。

男人讲完故事后,女孩依然坐在吊床上荡来荡去,眼睛则凝望着森林的方向。

熊真的和人说过话吗?她问父亲。不是在故事里,我是说它身边真有人能说说话的时候。

我从来没有听哪头熊说过话,男人说。我们见过的那头熊很安静,它可能没看到我们,要不就是没什么可说的。总之我不知道。

他看到我们了,女孩说。

嗯,这就是你的答案,男人说。

夏天变成了秋天。秋天变成了冬天。冬天变成了春天。又一个夏至前夜，男人给了女儿一个曾属于他父亲的黄铜罗盘。在太阳和星星的帮助下，她明白了什么是基点和隅点。他教她借助罗盘镜面和瞄准器确定方位。他说很久以前有人可以在陆地上边旅行边丈量土地，误差连一度都不到，不过这只是从书上看来的，他也不确定这是不是真的。

第二天早上爬孤山时，女孩把罗盘拿在胸前，站在一条小路上，小路绕过倒下的树木，在岩架上改了道。她无法将目光从磁针上移开，磁针一直指着北方，好像一支不会偏离目标的箭。

九岁时，女孩可以中途不用休息，一口气爬上山顶了。她会从林木线以跳步直奔山顶，站在山顶的基座上。

你好呀，熊，她会对看起来像熊的山顶说。真是个漫长的冬天。

然后她会回到林间小路的边缘，等着父亲。男人出现后，他们会一起走完最后几步，来到女人坟墓前，把手放在扁石上，默默站着。直到太阳过了正午，他们再次下山回家。

女孩十岁那年，父亲送给她一把带骨柄的刀，还配了个皮套，是他和女人头一次进到这栋房子的那年做的。

还有些别的东西，他对女儿说。

他们走到屋外的工具棚，棚子里放着男人的斧头、锯子和木工工具。

我想教你自己做弓和箭，他说。我们第一次一起爬孤山，也就是你五岁那年，我在路上看到了我见过的长得最直的山核桃树。后来等到时机成熟，我就回去砍倒了它。

他指着棚子的屋顶,屋檐上横放着四根长长的木棍。

这些都是我从那棵树上砍来的,加工好之后已经放得足够久了。我只是在等你做好准备。

男人取来木棍,挑了根瑕疵最少的。接下来的几天,他用刮刀制作弓背,刮到只剩一个年轮层时,把弓的中心标记出来作为握把的位置,检查弓臂的弯曲度。然后他为弓弦削出凹槽,开始训弓,直到上下弓臂均匀弯曲。他用刀将弓腹和侧面打磨平整,拿一块圆石抛光弓身,以鹿脂涂满整个表面。

他干起活来慢却很稳。每个步骤他都会教女孩如何上手,好让她能参与制弓的全部过程。两周后,他们用一头鹿的背筋给弓上了弦。看到女孩第一次拉弓姿势就很标准,男人笑了。

第二天,他们走进森林,找来白桦树和山茱萸做箭杆,修剪加工后装上箭羽,用的是男人在山路上找到的火鸡羽毛。然后他给她示范如何用同一头鹿——就是他取过鹿筋的那头——的鹿骨和鹿角制作箭头。做好后,他把箭头绑在了箭杆上。

女孩把铁杉树枝编成的靶子靠在山坡上，每天用它练习射箭。等男人觉得她准备好了，便带她走进森林，教她阅读地貌，寻找迹象——断枝、残叶、血迹和粪便。这些迹象会告诉他们有什么动物曾在几天或几分钟前出现在那里，是不是有只兔子在寻找藏身之处，是不是有只狐狸在寻找食物，是不是每只动物都找到了自己要找的东西。他告诉她，受习性驱使，动物的故事总在重复书写。在冬天的雪地和夏天的泥地上，总有一个故事在上演，而猎人——如果她是个优秀的猎人——最终会为这个故事写下结局。

她带了松鼠、兔子和火鸡回家，他们俩饱餐了一顿。男人还给了她一卷细线，她把线的一端系在弓上，另一端系在箭上，自己学会了用箭射中困在围栏里的鱼。射偏是常有的事，可只要射中，鱼也没从箭头上挣脱，就有鳟鱼作为当天的晚餐。

到了秋天，女孩说服父亲让她独自外出，追踪她的第一头鹿。他有些犹豫，但女孩的勇气和意志最终占了上风。她曾年复一年地看他把杀掉的鹿剥皮开膛，他也教过她怎么做背包，把她能放倒的最大的雄鹿背出森林。离开时她准备了两天的食物，三天后才回来，一箭都没射出。

第二年春天，湖面上出现了一对鹅。男人已经有许多年没见过鹅，所以以为它们只是路过。但它们却留下来筑了巢，到夏至时已变成七口之家，还在湖滨找到了草滩。

一天早上，女孩来到湖边打算钓鱼时遇到了那群鹅，她吓了一跳，也吓了它们一跳。鹅妈妈围住小鹅，把它们往水里推，更大的那只鹅则向她扑来。女孩想跑，却踩在草地上的鹅粪滑倒了。她的后腿挨了猛烈一击，像是被石头打中，转身看到那只巨鸟就耸立在自己的头顶上方。她举起双手捂住头，就在这时，它的喙又一次垂下，击中她的手臂。她缩回脚，看起来像是要保护自己，然后一脚踢出去，正中鹅的胸口。接着她站起来，一瘸一拐回了家。

男人把啜泣的女孩放入浴盆，看着她腿上和胳膊上的伤口，等她出来擦干身子后用布条帮她包扎。

没有骨折，他说。

他让她坐在桌旁，给她倒了一杯茶，等着她恢复体力。

当她停止啜泣，喝水也不会被呛到后，父亲说，它们吓到你了，是不是？

她点了点头。

你也吓到了它们。

我没打算伤害它们，女孩说完，再次哭了起来。

男人将她搂在怀里摇晃。

你知道吗，它们是不会离开的，他说。所以要么我们不去惹它们，让它们在湖里的其他地方捕鱼，一直捕到秋天；要么你就像去年秋天外出捕鹿时那样，抓到它们，然后杀掉。

他指了指厨房角落里女孩靠墙放着的那把弓和那筒箭。

全部吗？女孩问。

先是那只大的，它是公鹅。如果动作够快，你也能射中母鹅。狐狸是不会放过那些小鹅的。我们能用上那些肉。你还能用上鹅毛。

女孩盯着自己的弓,似乎陷入了沉思。然后她转向父亲,问道,什么时候?

男人告诉她就要下雨了,而且会下好几天。

再说你也得给你的胳膊留一些恢复的时间,他说。等天空放晴,我们就早起去湖边,躲在石头后面。它们会来的。到它们上了岸忙着吃草的时候,你就可以起身射箭了。

女孩一言不发,只想着胳膊和腿上的疼痛,以及遭到那只大公鹅袭击时的恐惧。这种恐惧对她来说很新鲜,和独自在森林里时的感受截然不同。然而,不知何故,这种恐惧也让她感到熟悉,仿佛它已经在她心中等待了很久。

雨停的那天他们很早便起床了,她对父亲说她想独自去湖边。黎明的天空依旧是灰蒙蒙的,周身的世界正闪闪发光。她坐在大石头后面,背对湖等待着。

没过多久她就听到了小鹅们轻柔的咯咯声。这一家子正游过蜿蜒的湖滨，七只鹅排成一线，公鹅在前，母鹅在后。

她看着公鹅昂首阔步，从水里上了岸。不知为什么，小鹅们比她上次看到时要大，它们排成一线后又分开，在湖滨四处游走，用嘴叼着草。母鹅殿后，一边啄食一边观察，显得很小心，或许是因为过于安静的早晨而感到警惕。女孩把箭搭上弦，站了起来。

公鹅离她只有三四步的距离。看到女孩从她藏身的石头后出现，它开始对着自己的配偶大叫，昂头挺胸，支棱翅膀伸出脖子，向女孩冲去。

拉开弓，独自站在湖滨的那一刻，女孩很想知道这种时候母亲会怎么做。她平静又无比好奇地想着，如果能让时间停止，她会走回家问父亲，你能告诉我她会怎么做吗？

然后她放箭，直接射穿了近在咫尺的公鹅的胸脯。

女孩再次把箭搭上弦，朝水边走去，母鹅就在那里。它张开翅膀，垂死挣扎，想保护自己的幼崽，仿佛只有如此它们才能躲过这一劫。她拉开弓，迅速射出一箭，正中母鹅背部，把它钉在了浅滩底部。她站在那里，看着小鹅向四个不同的方向游走。

男人当晚便把公鹅去毛开膛，做成了晚餐。坐下吃饭时，女孩什么也没说。肉又硬又柴，且男人看得出，女儿之所以吃这顿饭，只是因为她没有别的选择，也不想受责备。

这种鸟就是我父亲常说的那种难对付的老家伙，男人说着俏皮话，想逗女孩一笑。她却干坐在那里，盯着自己的盘子。

男人把晚餐推开。

跟我说说吧，他说。

她深吸一口气，抬起头来。

我心里乱糟糟的，怎么都静不下来，她说。就像在秋天，每当我把房子周围的树叶扫走，风便会刮成一个圆圈。这样一来，扫走的树叶和新的树叶就会打着旋，落在我刚清理干净的地方。我什么都理不清。

男人点点头。

我也感受到了那个旋。然后呢？你会拿那些树叶怎么办？试着加快速度把它们往更远处扫，让它们打着旋飘进森林里吗？还是说等到风变小的那天？

我会等到风停的那天把它们带去森林里，女孩说。可是到时候还会有更多叶子从树上落下来。

嗯，男人说。所以，也许现在清扫那些在你心里盘旋的叶子还为时过早。

她也把自己的餐盘推开，然后朝湖的方向看去。

不过，我一直在观察它们，她说。两片怎么都赶不走的树叶。用箭射死它们时，我知道我是在保护自己，保护这片我们用来获取食物的湖。这并不让我难过。

那些小鹅却让你难过了。

母鹅当时想保护它们。

我们本可以换个方式，男人说。

什么？

弄个陷阱，抓住它们。但事后我们还是得杀掉它们，在近处，用刀。可要是我们不小心抓到了潜鸟，却没抓到鹅呢？

女孩沉默了。

我为什么会有这些感觉？她问。

因为你开始明白了。

明白什么？

凡事皆有尽头。而我们要扮演好自己的角色，直到最后。

女孩再次安静下来。她低头看着桌子，然后抬头看向父亲。

你知道当我在浴盆里哭，胳膊疼得像压在巨石下的大拇指一样时，最想做什么吗？她说。什么？男人问。

我想和那些鹅谈一谈。告诉它们我们为什么不希望它们在我们的湖滨上乱来。为什么它们可以找到更好的地方来养育孩子。或许它们会理解。又或许它们会把自己的故事讲给我听。就像熊一样，就是你故事里帮助了村民们的那头。

这是你母亲会做的事，男人说。她会和那些鹅坐在一起，说，听我说，我们接下来会怎么办。

他们起身收拾餐盘，接着男人把薄荷叶和热水端到桌上。他把叶子放进两个杯子里，倒水，然后把其中一杯递给女孩。

你还想听个故事吗？他问。

不了，她说。

我这么做不是为了让你振作起来。这个故事是我听来的，讲了一个人，他很了解动物，这救了他，也救了像他一样的人。那时世界上还有一些别的人。

我母亲知道这个故事吗？她问。

嗯，男人说。

那你讲讲吧，女孩说。

很久以前，男人说，在世上还没有那么多人的时候，就有人住在这座孤山的背阴面。除了没有书和工具，他们的生活方式和我们现在差不多，也会种菜、觅食，在湖边钓鱼，在森林里打猎。

其中有一个伟大的猎人，他们叫他索恩，他因箭术和提供食物的能力而受到尊敬。每次外出打猎，他都会消失数周。据说他一旦开始狩猎，就会在森林中游荡两个月相[1]的时间,只吃树叶、树皮和昆虫。在接下来的两个月相里,他会和动物们对话。野兔、火鸡、鹿,当季能找到的猎物都不错过。他会对它们的生命表达敬意,感谢它们为如何在这片土地上生活树立榜样,承诺若是它们愿为他的同胞奉献自己,他将种植一片甜美的草地供其家人食用和分享。但凡死在他手里的动物,他都会迅速剥皮开膛,将不能食用的部分埋起来,然后把他用来杀死它们的断箭留在那里。

某个漫长而燥热的夏天,索恩用了整整一个月的时间打猎,回来时除了几只兔子和一只老雄鹿之外一无所获。森林里的动物都在它们能找到的任何洞穴或凉爽的草地上休息。每次回来,索恩总把猎物留给厨师和做熏肉的人,然后好好睡个长觉。

---

[1] 月球绕地球公转,产生了周期变化的月相。月相共8种,包括新月、蛾眉月、上弦月、盈凸月、满月、亏凸月、下弦月、残月。不同月相持续时间不一。当月球位于地球和太阳之间时,月球的背阴面朝向地球,观测者看不到月球被照亮的部分,此即新月(朔)。当地球位于月球和太阳之间时,月球的向阳面朝向地球,观测者可以完整地看到月球被照亮的部分,此即满月(望)。一个完整的月相周期约为29.5天,称为一个朔望月。

但是这次他只睡了一天，就被统领其他人的那位叫醒了。

索恩！她大叫道。闪电把森林点着了！

索恩动了动身子，闻到了从山上沿湖边席卷而下的烟味。他让人们尽量多拿些东西，多叫些人，往独木舟那里跑，湖心岛会拯救他们。可是等人们来到独木舟旁，却发现它已经着了火。没人能获救。大火把人们从岸边逼向村庄，往更远处赶，赶进森林里。这时索恩看到山的另一边也冒出一团火。人们都会消失，只在他们曾住过的地方留下埋在灰烬中的尸骨。

他是怎么应对的？女孩问。

索恩举起双手，提高声音，召唤森林中所有能帮助他和他同胞的动物，请它们赐予他力量。索恩唤来的动物都知道他是个了不起的猎人，明白他是按照自己被应允的方式活着，也会以同样的方式死去——如果这是大地的意愿。

他们说，索恩后来变成了一只巨大的银棕色美洲狮，把人们驮在背上，穿过燃烧的森林奔向湖边。在那里美洲狮又变成一只山顶大小的鹰，载着人们飞越湖面，把他们带到岛上。最后，水边出现了一头大熊的身影，他用低沉的声音对人们说话。别怕，还有一线生机。说完便带他们去了岛上的最高处，在那里，他们目睹了森林火灾。等人们转过身，想感谢那头熊时，只见索恩站在岛中央的高地上，胳膊高高举起，昂首看向天空。这时乌云散开，下起了雨。

即便知道父亲已经讲完了故事，女孩依然在夜晚的宁静中坐在那里，盯着男人脸上的阴影。

他们后来怎么样了？我的意思是，结局是什么样的，她终于说道。

我听说那些人仍留在岛上，种植简单的作物，还会捕鱼。有一天，当索恩已经很老很老的时候，他坐着桦木做的独木舟去了湖对岸，走入森林，从此再也没人见过他。

女孩转身凝视窗外。目光越过父亲，在暮色中朝岛的方向望去。

男人站起来，点亮一盏灯，又坐了下来。

他说，我父亲临死前对我和你母亲说，索恩的鬼魂依然生活在湖边和森林的小路上。他守护着这里的一切，因此永远不会死去。

女孩回头看向父亲。

你见过他吗？她问。

没有，男人说。但我曾感觉到他的存在。在我埋葬好你母亲，回到这栋房子的时候，也就是你和我单独睡在这里的第一个晚上。我醒了，黎明时仿佛听到了开门声。天很冷，还下着雪，我知道得往火里再添些木头好让火继续烧下去。虽然心里这么想，身体却动弹不得。我没办法解释。我知道有人在那里，也知道不论那人是谁，他都没有恶意。然后有个像是说话声但又不是的声音吩咐我继续睡觉。我照做了。到了早上火还没熄灭，有谁往里面添了木头，地板上有一小摊水，看起来像融化的雪。

女孩低头盯着壁炉里的火。

我在森林里打猎的时候，她说，也有过一样的感觉。有时候，我觉得好像有个人和我在一起。别的时候，我又觉得很安静。好像没有任何一片树叶在旋转。好像万物都在它应该在的位置。

第二天，女孩把杀鹅时用过，如今已血迹斑斑、没了箭羽的箭带去湖滨，折成两截，插在岩石下面的地里。在她父亲拔掉的鹅毛里，她挑了些好的留下来，又另寻了些合适的白桦树枝，用鹅喙做了两个又尖又细的箭头。带着这些箭，她花了一天时间在隐蔽的湖湾里捕鳟鱼。这些箭头很轻，并不耐用，不过那晚她还是带了五条鱼回家给父亲。他用盐将鱼腌好，晒干，这便是他们下一周的晚餐。

○

　　女孩十一岁了，父亲送给她一双新鞋作为礼物。很久以前他就教过她自己动手做鞋子，她也照着做过，先把父亲用弓射死的鹿的皮做成皮革，然后用鹿筋把鞋子缝起来。但男人希望这次送她的这双能格外结实，于是整个冬天他都在女孩睡觉时忙碌。做好时，鞋底有三层厚，里子是用兔毛制成的。第二天早上女孩穿着这双鞋登上了山顶，一年后，鞋子看起来就和她收到的那天一样新。

　　十二岁时，父亲送了她一套装在鹿皮袋子里的燧石和铁片。那天早上，他们站在山顶俯瞰森林和湖泊，这时他告诉她，他们要开始为长途旅行做准备了，得决定好要带的东西。另外，哪怕他认识路，他们还是得借助他折好夹在书里的地图来研究他们将会踏足的古老陆地。

女孩站在母亲的坟墓旁听着，然后问道，那些陆地在哪里？

在东边，男人边说边指着阳光照耀的地方，仿佛那天早晨太阳之所以升起，就只是出于这个目的。得去海边。我们总在做皮革、钓鱼，所以需要更多的盐。山核桃的根是不够用的。只要把最大的两个葫芦装满海水，我们就会有足够的盐把一只野兔的皮做成皮革。

怎么才能弄到盐呢？女孩问。

我们会带着罐子，在沙滩上生火，把海水煮沸，能煮多少是多少。估计秋分之前能踏上回家的路。

有没有一条通向这片大海的路呢？

已经没了，男人说。在我像你这么大的时候，我父亲带我去过海边。后来你母亲和我又去了两次。最后那次，雨下了将近一个朔望月，我们只好躲在悬崖脚下的一个小山洞里。我们在那里用小火烧水泡茶，煮我们捕到的鱼，讲我们小时候听过的故事，一直住到了秋分过后。当太阳终于出来时,我们将淋湿的东西晒干,把盐装好,在冬天来临前走回了家。接下来的那个夏至,你出生了。

她看着父亲说话,看着他凝望远方——凝望的不是天空,而是时间——仿佛在寻找很久以前忘记的某件东西或某个人。

那是什么样的?她问。我是说海。

男人吸了口气,想了想。他可以让她借助诗人来想象,但她想要的其实是另一种描述方式。他很清楚,她寻求的是另一种形象。

看到下面那片湖了吗?他问。还有那个岛,近处的湖岸,远处的湖岸,看到了吗?都被森林包围了,看到了吗?

嗯,女孩说。

想象一下,如果从这里开始,你眼前的一切——湖泊、树木,以及一直延伸到天边的山脉——全都变成了水,变成了一眼望不到尽头、不断荡漾的蓝色水波。大海就是这个样子的。

女孩皱了皱眉头。

我想象不出来，她说。

嗯，男人说。你确实想象不出来。除非你能亲眼看一看，听一听，闻一闻。

女孩一直面向东边。

你刚才说我们会在沙滩上睡觉。这是什么意思？

他说，在大海和陆地连接的地方，有一片长长的白色沙滩，它和湖泊到小屋之间的距离一样宽。那里总是有微风，你还能闻到玫瑰的香味。夜晚就像在世界的尽头入睡。

女孩这时微微一笑，说，我都等不及要和你去看海了。

夏至过后不久他们便动身了。父女两人各背一个包。男人的包里装着一些罐子、两个小盘子，线，几根鱼钩，铺盖，一把刀，几个用来装他们要带回来的盐的鹿皮袋子和食物，还有一个用来装水的葫芦。女孩带上了自己的铺盖、梳子，一把刀，罗盘、燧石和铁片，食物和水，一个装有九支箭的箭筒，还有她的弓。她问父亲为什么把他的弓留在了家里，他说他们中有女孩来当猎手就够了。于是她独自背着弓,两人就这样踏上了旅程。

他们向东北方徒步行进,每晚都在露营处生火。起初,他们从新月走到满月,来到一条又宽又深、向南蜿蜒的河流的岸边。随后他们沿河的西岸往北走,从满月走到又一轮新月,捕鱼为食,攀登高山。他们向北走了很远,有时会置身整个夏天都有积雪的阴暗峡谷,蹚过齐腰深的雪,直到最后终于在某个湍急但狭窄的河段过了河。过河时,女孩以一段藤蔓和父亲绑在一起,他们的背包被高高举过了头顶。

接着他们往下坡走,朝南方和东方行进,发现了森林和草地。那里有一些小型动物,他们狩猎、宰杀、烹食。山里流出一条支流,支流上方有个小树林,女孩在那用弓射中了一头大概一岁的年幼雄鹿。他们一直在支流的岸边露营,男人宰掉鹿,把肉放在架子上熏,架子是用春汛时被连根拔起的树的树枝做成的。然后他们继续徒步旅行。

又过了两个月相,他们走出山区和丘陵地带,一路向东，进入湿地和灌木沼泽。在那里，高大的枯树倒下来拦住了去路，他们只能推开。大多数地方都被淹没了，且蚊虫泛滥，几乎没有适合露营的地方，于是男人和女孩没有停下来过夜，一走就是整晚。

西落的月亮和东升的太阳同时出现在天边时，他们登上一座小山山顶，来到一片低矮的鼓丘和峡谷。这里长满了细长的青草和开花的杂草，看起来和女孩以往见过的草地和湖滩都不一样，起伏不断的景观是如此的统一而完整。男人捡了几把地里长出来的藜草嫩芽，放进背包。接着两人爬上一座圆丘，眺望眼前景色，然后坐下吃东西。女孩走了一整夜，累了，她希望自己能睡着。但父亲来到这里之后似乎格外有兴致。

他对她说，我和我父亲来这里时，地上还立着一些墙。不太多，但至少看得见。和你母亲来的那次，也就是十多年前，土里还有些砖头和玻璃，但原来立着的墙已经没了。现在则是这副模样。

女孩凝视着那片空旷的土地。

墙是用来干什么的？她问。

原本是房子的一部分。那些房子比我们的要大，一排又一排，不知道你能不能想象。我只能这么跟你描述。我从来没见过那样的东西。

她仍凝视着那片土地，然后说，也没见过其他人。

男人点点头。

很久以前见过，他说。

这地方很奇怪，像森林一般寂静，女孩倾听着，没多久便打起了瞌睡。这时她听到男人卸下背包，开始走下圆丘，进入下方的一大片洼地。

她迅速起身，大喊道，不要！

男人停下脚步，转过身来。

怎么了？

不要。不要走。我们都不知道那下面有什么。

男人站在草坡上，路才走了一半。

我不觉得那里很值得探索，他说。不过有些东西我们可能用得着。

他继续沿山坡行进，女孩看着他放慢速度，小心翼翼绕着一个坑的边缘行走，然后消失在另一侧。她站在原地等候，努力不去理会硕大公鹅扑面而来时的那种恐惧。这时男人从坑里爬了出来，走回圆丘顶上。

他手里拿着一块沾满泥巴的脏玻璃，说，它可以做成箭头，用来对付小型猎物。

他把玻璃拿给女孩看，然后打开包，取出一块皮革包住玻璃，放在钓线旁边。

来吧，他说。也许我们还能找到些别的什么。

女孩犹豫了。

男人指着他发现玻璃的地方，说，再往前走一点。

于是女孩放下背包和弓。接着他们爬上另一座小山，又下了山。男人在那挖起了土，想让女孩看看墙长什么样。那是些没有颜色、又扁又平、大小相同的石块，中间是空心的，里面塞满了泥和埋在壤土里的昆虫。他捡起一块土，扔了出去。有什么东西在土击中之处的附近动了动，块头很小，动作迅速，像一团黑影。他看了看女孩，想看看她是否也看到了，但她没有，他为此感到庆幸。

中午他们停下来吃饭，炎热的下午接着搜寻了两座山丘，却一无所获。那些属于过去的遗迹被土埋得很严实，他们索性回到之前的那座圆丘露营过夜。

天上挂着刚刚变为残月的月亮，他们在草地上睡得不太安稳。这两位居民所处的世界如今只有最先到来的两个人能够认出，因为其他那些曾经宣称自己统治过这里、留下声名，并坚信自己会因此被铭记的人，现在都已沉寂着被埋在了地下。

到了早上，他们的身子被露水浸湿了。他们没生火，默默吃着鹿肉干和藜草，然后收好营地里仅有的一点东西。太阳此时刚透过薄雾从东边升起，男人迎向阳光，知道他们在到达海边前还得再露营两晚，于是转过身把这个消息告诉了女儿。

这时他看到微弱的光线被远处草地边上的什么东西反射过来，那里他们还没有去过。他快步走下圆丘，来到草地上，跪下来开始用手挖土。

那是另一块玻璃,表面满是泥巴和划痕,却映出了男人的脸。他用袖子擦了擦玻璃,回到女孩身边,拿给她看。

你看到了什么?他问。

她朝玻璃里看了看,往后退了退,然后又看了看。

就像往水里看一样,但我能把自己看得更清楚。

你母亲以前也有一块像这样的玻璃,镶在木框里,还有个木手柄。那是她母亲的。而在那之前,它属于另外一个人。

她也长得像这样吗?女孩依然凝视着玻璃,问道。

嗯,男人说道。

那块玻璃去哪儿了?

不知道,他说。我最后一次看她拿着那块玻璃是在你出生之前。后来就再也没见过了。

女孩不断地翻转着玻璃,不论怎么看,里面的自己都是一个样。然后她把玻璃拿低了些。

我要把这个留下来做箭头,说完她将玻璃放进了包里。

那边有一段露在外面的墙，我们昨天错过了，男人说。走之前，我们再去看一眼吧。

她想说不。她想离开那个地方，继续朝着大海前进，但她父亲一直很清楚哪条路是最好的，且为什么是最好的。她再次卸下背包，但仍带着弓和箭筒，跟在他身后。

立在山脊上的那堵墙不过是四块长方形的石砖，过了这么久，位置依旧没变，跟最初砌墙时一样。裸露在外的穿墙石摇摇欲坠，空隙处塞满了泥土和杂草，其余部分则被掩埋了起来。他们在墙后发现了一个通向原有地基的陡坡，与地面的落差是男人身高的两倍。多年来雨水在渗入地面前流过石砖，冲刷出这样一个黑漆漆的沟壑。此时太阳正透过薄雾从天边升起，阳光却尚未照亮地面。

渗水的地方会露出一些东西，男人说完便小心地站到墙的壁架上。

第一块砖裂开了，扑通一声坠入黑暗。原本猫着腰的男人朝其他几块砖一脚踢去。见它们很牢靠，他便越到墙的另一边，直到双手抓住墙头，身体悬空，然后松手。

她看着他往下掉，但只能看到一团黑影，听到水溅起来的声音。很长一段时间里什么声音都没了，她猜他是在等眼睛适应黑暗。当她看向那一团团黑影，只能看到他的头在来回转动。

这下面好乱！他大喊。

她希望他能转过身来，重新爬上墙，这样他们就能上路了。但她听到他开始朝水流过来的方向走去，听到生锈的金属碎片被丢掉、扔在石头上发出的铿锵声。她靠在壁架上，身子越探越远。这时她看到他的脑袋时动时停，时动时停。接着他的手朝某个东西伸了过去，她没看见那到底是什么，甚至都不知道他有没有碰到。她很好奇他为什么一直待在那里。他到底想找什么？

接下来弄出动静的不是男人。不是水。不是那些努力在团团黑影中茁壮成长，在男人的胳膊掠过时马上弯下腰来的野草。是一条扬起的尾巴。她可以借着斜射的光线看到它。只有她看得到。他的手又伸了出去。正好伸向那亮闪闪的眼睛和牙齿。

男人大喊一声,停住脚步,把手缩回了胸前。就在那一刻,她也喊出了声,伸手去拿弓,搭好箭,却不知该射往何处。

你受伤了吗?她冲下面喊道。

他抬起脸,迎向阳光。

我被咬了!

男人从水里退了出来,回到墙边。她知道墙太陡,单用一只手爬不上来,于是尽量把身子往下探,并放下了弓。他用那只没受伤的手抓住弓的下臂,她把他往上拉,拉着他越过那堵矮墙。她用的是一股源于恐惧的力量,这力量太过强大,竟使两人都跌倒在草地上。

她起身去握他的手,想看一看被咬的地方,他却把手抽回去,自己研究起了伤口。那是嘴和牙齿的形状,深深地印在手掌上方覆盖了一层污垢的皮肤上。他想用袖子刮掉伤口上的脏东西,身体却抖个不停,结果把它们抹得更分散了,只好作罢。

我得把这些清理一下,他说。

他走到背包旁，用一只手拔去葫芦的塞子，开始冲洗起伤口。先是手掌，后是手背。接着他停止冲洗，从皮肤里取出一小块断牙，然后将剩下的水倒在整只手上，把手抖干。

那是个什么？她问。

太暗了，他说。

你说，它是生了什么病吗？

我不知道。即便它没发疯，肯定也非常生气。

他们继续在前一晚露营的地方落脚，把带着的水煮开，用藜草泡茶，用茶水给男人的伤口镇痛。那一整天，他们再也没有看到任何动物，没有听到任何动物发出的声音，仿佛森林里的动物从来没有也永远不会路过，更不用说待在这个地方。男人说他经过这里时总是有同样的感觉。他感觉很空虚，很安静，而且不知道自己为什么没有听从女孩的建议，马上离开。

我本想拉弓来着，她说，可当时太暗了。

男人摇了摇头。

你根本就不可能看得清，他说。

黎明时分，等他们起床时，男人的手已经肿得发青了。女孩把心里的想法说了出来，她说他们应该回家，但男人说大海就在不远处，而且盐水对清洗伤口有好处。

我们得完成此行的目标，他说。

于是他们收拾好行装，继续往前走。

从那天早晨到天光散尽,他们走过了变化万千的景观——稀疏的树林,裸露的岩石,低地沼泽——只在能找到蓍草的地方,或是在偶然碰到聚合草和大车前时停下采集。他们用药草和晚上生火剩下的炭灰制作敷手的膏药,以大车前的叶子覆盖,用花生藤紧紧绑在手腕和手掌上。

第三天,太阳在天空中向西画出一道弧线,女孩在半路停下脚步,像草地里的小鹿那样抬起鼻子,久久地、深深地吸了一口气。她想说点什么,又吸了一口气,之后才开口。我闻到了松树和玫瑰的气味,但还有些别的气味。这气味是——

大海,男人见状很高兴,说道,是大海的气味。

他们穿过灌木丛,来到一片光秃秃的石山,在一处悬崖边停下。强风一直刮着，两人眺望大海。在下面的水中，一堆堆礁石在海浪形成的波谷和汹涌的波峰中时隐时现。海浪滚滚向前，一波接着一波，声势越发浩大，直到它们咆哮着卷起浪花，撞向随处可见的巨石后变得支离破碎。更远处的海面起伏不定，却似乎从未奔涌向前，一直延伸到几乎很难与银蓝色海水区分开来的天边。在女孩眼中，大海和天空仿佛一起向上画着弧线，如同穹顶一样盖住了大地。

男人扫视海岸，碰了碰女孩的肩膀，指向远处一片长长的白色地带。

那就是我们要去的地方。有一条小溪从那里流出来，他说。

他们原路返回，越过这片内陆的边缘，继续前行，直至看到阳光透过西边云彩的一道裂缝斜射下来，然后再次朝东走。女孩知道男人一定很痛，好奇那会有多痛，他却没有表现出丝毫的脆弱，走在一条他很熟悉、以前就走过的路上，始终没有放缓步伐，仿佛他必须且只能这么做。他们翻越圆似帽子的石头，消失在林子里。那里有许多种树，还有不知从哪里冒出来的小溪。随后男人拐到其中一条小溪的岸边,只见它从此处开始向山下流淌,路也变得越来越陡,直到原本在铁杉和山毛榉遮掩下的溪水突然奔流而出,沿着发黑的光滑岩石流过,好似一根长长的手指朝海的方向伸去,伸入潮湿沙滩上退潮的海浪中。

两人并肩站在沙滩上,看着远处的海水,听着海浪拍打海岸的隆隆声。女孩闻了闻海的气味,转身面向父亲。

她还没开口,他便说,我们应该去山洞。

离这近吗?

得沿着海岸走。就在我们站过的悬崖下面。

他们沿海滩前行,翻过从岬角滚下来的石块,蹚过林子里流出的淡水注入而形成的潮沟。太阳早已落山,一层星星的面纱遮住了夜空。这时男人指向悬崖的方向,一个又高又圆的黑色印记看起来像是紧紧贴住了某面岬壁,那面岬壁比海岸上的任何一面都高。他们朝它走去,仿佛那里就是家。

地上都是沙子。靠里的洞壁很潮湿,表面覆盖着地衣。洞内足够空旷,可以站在里面,也有空间摊开他们带来的东西。

女孩在外面摸黑收集干草、树枝和浮木,把她能找到的东西统统带回洞里。她在洞口附近挖了个小坑,用燧石和铁片打出火花,对准火绒——是用雪松刨成的薄片做的,一路上她都带在身边——直到那团火绒开始焖烧,点燃,终于有了火。

前方一片平静,夜晚很干燥。男人和女孩坐在洞口,一起吃着剩下的湖鳟,望着海浪的方向。

明天,他说,我们会生火来煮盐。

风势已经变小。吃完东西,女孩问父亲他的手感觉如何。

跟那只鹅啄你时你的感觉差不多。

那么疼吗?她说。

膏药还是挺管用的。

女孩沉默了一会儿,然后说,你为什么要跑到那下面去?

男人注视着火堆,没有抬眼看她。

我就像着了迷似的,他说。地下埋着许多东西,都是些我不明白的东西。我一直很好奇一切是怎么发生的。

你父亲也不了解吗?

他只了解你母亲的家人。可你母亲的家人只跟他们的亲人说起父辈母辈的事。

他们找过其他人吗?

找了一辈子。到头来,就只剩我和你母亲了。

他不再说话,沉默了很久。两人只能听见劈啪作响的火堆和碎浪的声音。

于是我们就不再找了,他终于开口。我们决定住在山里。然后等着。

等什么?她问。

等你。

女孩也低下头,注视着火堆,仿佛人们想要寻找的东西都能在火堆里找到。然后问,你会和她说话,对吗?

男人点点头。

每天都会。

她再次抬头看着他。

我听到了。你肯定觉得自己只是在心里想,或者风太大了,我听不见。但我能听到。

我知道,男人说。我有很多很多话想告诉她。

你跟她说了什么?

我跟她说了一些你的事。你问过的问题,你做过的事情。还跟她说,她一定很喜欢和你待在一起。

我问的问题有点多,对吧?

确实,男人说。女孩大笑起来,重新看向火堆。

你觉得你会在这里找到她吗?

我知道该去哪里找她,他说。我只是想再回忆一遍。还有一次,我和她一起,也来了这里。

他用那只没受伤的手抓起一把沙子,让它从指缝中穿过。

女孩看着他。

你能帮我跟她带个话吗?

带什么话都行,他说。

就跟她说,我很喜欢学习那些我知道她也做过的事情。

我会的,男人说。

早上女孩醒来时，男人正弯着腰在火堆边，用勺子从罐子里舀出一个沾着泥土和海藻的白球。她揉了揉惺忪的睡眼，看着他。

你本该叫醒我的，她说。

昨晚你睡着后，我烧了一罐水，他说。我借着月光，在岩石上找到了很多不错的浮木。尝尝。这是我们煮好的第一批。

他被咬的那只手还裹着大车前，紧紧贴在他的身侧。他用没受伤的手把一小撮盐撒在了女孩摊开的手掌上。

她舔了舔。

味道很重，她说完，把一片海藻吐到了地上。

男人微微一笑，摇了摇头。

我们回家后可以把海藻挑出来，他说。我们在那边多生两堆火吧。记得把火生在潮汐线以上。之后你可以吃点早餐，我再去躺一会儿。

他在下午醒来，慢慢起了床。女孩坐在阳光下把玻璃做成箭头，镜子似的玻璃在她的手中闪起了光。

她看到他,把箭头放进了口袋。他把手紧贴身侧,好像它是自己想缩在那里的,然后向火堆走去。

你睡了很久,她说。

我很累。

水很快就烧开了。到晚上,我们会有更多的盐。

再过几天,他说,我们应该就能煮出够我们用一阵子的盐了。

她指着他的手说,让我看看。

他把手伸到她面前。她揭开大车前的叶子,剥下了干掉的膏药。手掌上的牙印依旧清晰可见,皮肤是紫色的,手的上端呈火红色,伤口处还带着白色条纹。

在好转之前,情况看起来会更糟,他说。

我等会儿给你重新包扎一下。

他点点头。你是从哪里学会做医生的?

从你这里,她说。

借着火光,他们吃完了最后一点烟熏鹿肉,女孩很担心回家的路上没东西可吃。

我们可以捕鱼,男人说。

现在吗？她问。

他看向海岸，看着海水起起落落。

明天早上吧。我们去浪肩。

她问他，他口中的潮汐和潮汐线是什么意思。男人告诉她，月亮会吸引地球，海水受其影响，一天会涨落两次。但中间有一段时间叫平潮期，所以每天潮涨潮落的时间是不一样的。

哪里都是这样吗？她问。

只要有海的地方就是如此。

女孩看着海浪。那湖上为什么没有潮汐呢？

湖太小了，他说。我们来到的这片海洋几乎覆盖了地球的四分之一。而这是地球的很大一部分。我没见过海的全貌，甚至不知道有没有可能见到它的全貌，但我在书上读到过，我相信上面写的都是真的。

地球上其余部分是由什么覆盖的？她问。

他摇摇晃晃地站了起来，她起身打算阻止。他却说，没关系的，我想让你看看这个。

他拿起一根棍子，借着火光在沙地上画了个圈，又在圆圈中间画了个叉。他告诉她，如果这个圈是地球,那么被叉分出的四个部分中,只有一部分是陆地。从山顶上的春季水塘到海洋底部,到处都是水,水覆盖了陆地以外的部分,其中大部分是海洋。

这片海不是唯一的一片,她说。

是的。在我还是个孩子的时候,除我父亲外我见过的唯一一个男人告诉我们,如果朝着落日的方向走上三百天,就会遇到一片比这更大的海。而且还有别的海。

你相信他吗?女孩问。

他从西边来,当时正在回西边去的路上。我后来再也没见过他。

好吧,女孩说。所以到底为什么海有潮汐,湖却没有?

我来问你个问题,男人说。要是独木舟里有水,你去摇晃它,会怎么样?

水会来回晃动。

没错。这么说吧,独木舟就像地球。你就像月亮。舟里的水就是海里的水。而湖里的水只是独木舟舷边上的一滴水。单独一滴水是晃不起来的。但作为整片湖的一部分，它也有自己的价值。

女孩坐了下来。

月亮每天都会这么做吗？女孩问。

每天都会，男人说。

他望向海滩，海浪抵岸时溅起高高的水花，原本干燥的沙子此时也已经变得很湿滑。

快涨潮了，他说。黎明时气温很低，我们醒来后又会升高。我们得等气温最高的时候去。

女孩点了点头。她还有很多问题想问，却不忍打扰此刻沉默不语的父亲。他坐在火堆余烬前，目不转睛地看着，仿佛它们是一个个微小的太阳，正在没入某个由沙和水组成的世界，而他有机会在这一刻独自观看暖意的消逝。

第二天他早早起床，看了看火堆，用勺子舀出一碗盐。他感觉脖子很疼，又看了看自己的手，在曙光中把它翻了过来。手掌跟地平线一个颜色，顶部结了半圈痂，还流着脓。

他站在那里，凝视东方光亮聚集之处，说，你们不能现在就把我从她身边带走。她还没准备好。还没有。

他用最后一点大车前和一小块鹿皮裹住自己的手，又用两条生牛皮把它们固定好。然后走到女孩身边，轻轻推醒了她。

潮水刚刚好，他说。

在她泡茶的时候，他从背包里拿出一枚鱼钩和一段线，用线在鱼钩上打了个结。接着他找到一根一臂长的浮木，把它和鱼钩上方的线绑在一起，鱼钩与浮木之间的距离大概和女孩的身高一样。

两人走到水边，男人开始用脚后跟在浅水滩里挖来挖去，沙子里冒出了小泡泡。

把你的双手伸进去，当它是一碗蓝莓，然后告诉我你的感觉，他说。

她跪下来，把手放进泥浆，又飞快地抽了回来。

有东西咬了我！她说。

不，它没咬你。那是一只鼹鼠蟹。

男人等到另一个浪头打来，用没受伤的手在浅水滩里一阵挖，然后拿起一只挣扎个不停的甲壳动物，小家伙只有他的拇指那么大。

这就是我们要用的鱼饵，他说。

她又挖出一只。他用一枚大鱼钩钩住两只蟹，让她脱下鞋子，将其中一只套在手上。她照做了，他则用一半的钓线缠住了那只鞋。

听好，我来告诉你怎么做，他说。去水里，往前走，走到齐膝深的地方，把那根棍子尽可能往远处甩。接下来把线往回拉，线得缠在你手上的那只鞋上。速度要快，但别太快。要确保钓线一直在鞋上，不然它会狠狠割伤你。

头一次她甩得很远，于是他说，就是这样。现在再来一次，让这些螃蟹看起来像是活的一样。

就这样，她试了六次。第六次之后，她把渔具竖着插在海滩上，留在了沙里。

那里连一条鱼都没有，她说。

那里一直都有鱼，他说。

他把死蟹从鱼钩上取下来，换上两只刚抓到的。

呃，他说，收线时你得先慢点拉，然后再加速，就这样时快时慢，反反复复。

她踏入海浪中，把鱼钩、鱼饵和钓线往浪花里甩，尽可能甩得远一些。

第二次甩的时候，她按照男人教的办法拉扯钓线，突然间感受到了一股巨大的拉力，而他也发现了目标。

用力往回拉！他喊道。

钓线被绷得紧紧的。

把你的右脚放在身后，线绕在鞋上。站住别动！

她站在原地，使劲拉那条鱼。随着右脚陷入沙子，她的个头似乎也在海浪中变小了。钓线将她的手越缠越紧，她这才明白为什么要把鞋子套在手上。线绕了几圈以后，鱼哗啦一声跃出了水面。男人叫她把线放长一些，好让鱼逃远。正当她觉得它向海里越潜越深，担心错失的时候，它却慢了下来，然后她便一点拉力也感觉不到了。

她又把线迅速收了回来。

它累了，男人说。继续拉。

他在沙滩上坐了下来。

继续拉,他又说了一遍,不过声音太小,她没听见。这次是你赢了。

折腾了大半个上午,她终于收线把鱼拉上了岸。然后她慢慢后退,把脚从沙子里抽出来,只见一条银黑条纹的巨鱼在她脚边扑腾个不停,在阳光下闪闪发光。男人走近它,用他没受伤的拇指捏住鱼下巴,将它提了起来。女孩从来没有见过这么大的鱼。

这够你吃好几天了,说完他便把鱼放了下来,拔出刀,把刀刃扎进鱼头。它又一次扬起尾巴,然后在沙滩上摊平了身体。

◐

他们生火，捕鱼，在星空下的沙地上盖着毯子睡觉。与此同时，男人越来越虚弱，脖子和上半身也越来越僵硬，就这么过了两天。第三天，他们醒来时发现火堆的余烬正嘶嘶作响，豆大的雨点打在脸上。女孩收拾好她的铺盖和背包，跑进山洞。男人把他的背包系在腰间，想站起来，却做不到。女孩跑回沙地，从他那里拿过背包，仿佛那包比她的弓还要轻。他看起来憔悴而疲惫。她把手放在他的额头上。

你在发烧，她说。

他想点头，却办不到。他指了指装水的罐子。

别管那些了，她说。

她把他没受伤的那只手搭在肩上，两人蹒跚着进了山洞。将他安置在一堆毯子上后，她再次跑到外面，来到那些罐子旁。她把里面的水泼在地上，擦去水和雨滴，又把一根棍子掰成两半，插进灰烬中，钳出她能找到的最大的木炭。她把它们放入一个罐子，用另一个罐子盖住，然后冒着倾盆大雨奔回山洞。

他们把旱天拾来的柴火放在一个角落里。到山洞的那晚他们挖了个坑，在坑里生了火。女孩此刻把坑掏干净，将木炭放进去，用引火柴盖住。她往柴堆上吹气，一直吹到它冒烟，火又燃了起来，然后把她从地上捡来的木棍和树枝堆在上面。

男人躺在毯子上，整天浑身发抖，盯着洞顶。每隔一阵她便扶他坐起来，尽量把铺盖捋平，再让他躺回去。她把水递给他，他想喝却喝不下。于是她把葫芦拿开，用汗衫轻轻擦他的脸，看着他时睡时醒，睡也睡不了多久。

临近黄昏时，她意识到两人从昨晚起就没吃过东西，这才感觉自己饿了。她的包里有用盐裹好的此前捕到的第二条鱼，于是她将海藻放在火堆边的木炭上，又将鱼取出来放在海藻上，边蒸边翻动，直到鱼肉能大块大块地从骨头上脱落，然后把鱼肉从火堆里拎了出来。

她问男人饿不饿，他微微点了点头。

他坐起来，从女孩手里拿了些鱼肉放进嘴里，想咽却又没办法一次咽下。他张开嘴，俯下身子，鱼肉和唾沫都流了出来，流到沙地里。他躺回毯子上，眼睛湿漉漉的，睁得很大。看得出来他哭过，还很害怕，哪怕他说不出口，她也知道。

到了晚上，他僵硬的四肢在痉挛，眼睛盯着洞壁，脸上呈现出一种怪异的表情，火光的映照则掩盖了他的痛苦。他只在身体绷紧，扭动着掀开毯子时出声，声音从牙齿后面传来，听起来像呻吟，又像是从牙缝中挤出的尖叫。她一碰他，他就会退缩。于是她坐下来跟他轻声说话，在他痉挛发作时等着，等痉挛过去后接着说。她告诉他，他在每年夏至前夕给她送了些什么，教她制作过什么，她又和他一起制作过什么。她跟他说，只要她还能记事，他的故事就会永远伴她左右；如果他死了，她就会带他回家，回到孤山，将他葬在母亲的坟墓旁，挨着那块看起来像熊的石头；只要时节允许，她会一直住在那里。她说她希望那可以是很长一段时间，因为还有一个故事要讲，故事的结局他和她永远都不会知道。

她在半夜突然惊醒。火灭了，天空中却仍有一轮明月，所以她看得出他还醒着。她把脸贴在他脸上，感受他浅浅的鼻息，然后握住他那只没受伤的手。

他的嘴唇在仍然锁紧的牙齿上缓慢移动，可她听不懂他在说什么。

再说一遍。再说一遍，她说，将脸凑得更近了。他的嘴唇都擦到了她的耳朵。

我会想你的，他小声说道。

她现在听明白了，也把他的手握得更紧了。

我也会想你的，她说。我会跟你说话。要是我需要你，你会来我身边听我说话吗？

会的，他说。

她把头紧贴着他的头，听着他最后的呼吸，又睡着了。当她早上醒来时，太阳正往上升，天边一片亮白,他已经死了。

她摸了摸他的脸——在带走他的那股力量离开后,他的脸现在已变得异常柔和——用手指帮他合上眼,然后把毯子拉起来,盖住了他的头。

睡个好觉,她说。

雨已经停了。早晨的空气潮湿而寂静,没有了海风的阻拦,来自内陆的苍蝇已经离开沼泽和腹地,开始涌向这里。她意识到起码再过一个月才会到秋分,再过两个月才能回到家。她转身面向大海,走出山洞,坐在曾经燃起火堆的沙地上哭了起来。

那一天和接下来的一天,她一动不动,也没吃东西,甚至没喝水。睡觉时,她侧身睡在沙地上。醒来后,她坐了起来,一直没换姿势,凝望着太阳。太阳像前一天那样再次升起,明天也会如此。夜里刮来了一阵西风,风力之强劲足以吹落冲上岸来的浪头。随风而来的是一股腐殖质的气味,来自森林与溪水,饥饿与悲痛交加的女孩这才知道自己是时候做些什么了。

她站起来，在沙地上以自己的身体为半径画圈，徒手挖起坑，一直挖到她小臂长度那么深，然后在坑底铺上她能找到的最平的石头。下过雨，周围的土地大都还是湿的，于是她把洞里剩下的原木都运到坑里，堆成正方形，然后去森林里寻找更多的木材。

她一整天都在沿着溪边打捞枯枝，向北搜寻浮木。到了下午，沙滩上堆起了不少在阳光下晒干的小火绒、长树枝和枯木。当太阳渐渐从她头顶落在西边的海岬后面时，她在沙地上为男人堆了个柴堆。

她知道月亮很晚才会升起，但是除了火光，她不希望有任何光线。她利用他的毯子把尸体从山洞里拖到沙滩上，一直拖到坑边，然后把人和毯子揽在怀里，怒吼了一声——为自己独自活在这世上而愤怒——将他抱起来，安置在她收集的木材中，那便是他的容身之处。

她把背包里剩下的所有雪松刨花、捡来的树皮，还有父亲一路上带着看的纸质地图拿出来，用铁片敲击燧石，直到那捆火绒被火星点燃，在柴堆的一个小角落里冒起了烟。她虽然又饿又累，非常虚弱，但还是用尽了全身之力吹气。这气流足以让火焰上蹿，沿着柴堆底部蔓延。待到烈火吞噬一切，她最后一次回到山洞，拿起弓箭，然后返回火堆旁。她走近时避开高温，把弓和鹿皮箭筒举过头顶，扔进了大火中。接着她跪下，用手捂住脸，向前倒在沙地上，宛如匍匐在地的年迈朝圣者，却无法，也不愿谦卑地看着火苗越升越高，把男人吞没。

她独自乘独木舟向岸边划去,那里有等着她的父亲。但当船头划破水面时,湖面看起来却太过辽阔,似乎无边无际,时间慢了下来,岛上的树叶也开始由绿色变为黄色和红色。她闻到熟成的蓝莓气味,想把手浸入湖中,再贴到脸上。她感到了脸上的湿意,可那湿意却温热而厚重,还有股鱼的腥气。

熊用鼻子给女孩翻身,舔了舔她结痂的眼睑和眼里的盐。她醒了过来,凝视着一片模糊的、头状的黑影。

我们到家了吗?她缩成一团,瑟瑟发抖地躺在沙地上,问道。

没有,熊说。

女孩振作着，试图一口气站起来，却倒下了。

熊向后退了一步，一人一熊隔了一段距离，互相注视着对方。

你能再生一堆火吗？熊问。

女孩没答话。她想逃，想沿着海滩向后退，朝石山冲去。这时一种前所未有的虚弱和饥渴却忽然冒出来，刺痛了她。她不知道自己已经有多久没吃东西、没喝水了，也不知道自己睡了多久。她看着焦黑的沙地，离她只有一臂之遥的地方曾经是一堆火，可如今柴堆里已经没有烟升起。没有余烬闷烧。没有热量残留。

这次可以小一些，熊说。

她回头看着这只动物，想起多年前和父亲在湖边看到的那只捕鱼的熊。蓝黑色皮毛，胸前有白色印记，独自旅行。这只看起来一模一样。男人说，公熊会四处游荡，最好由着它们去。在一个短暂的瞬间，她伸手想去拿弓，但在手碰到沙子之前便抽了回来。

没什么可烧的了，女孩说。

熊说，想找总能找得到。他的声音听起来就像暴风雨过了很久后从远处传来的雷声，但不知怎地要更为深沉，随之而来的仿佛还有一股与她的悲伤旗鼓相当的伤痛。

看那边。

她朝岬角的方向看去，发现海滩上有一堆灌木和树枝。

是我在你睡觉的时候拾来的。如果我们要离开这里，你得吃点东西。

她吃了一把还没熟的玫瑰果，恢复了一些体力。吃之前她给果子去了籽和绒毛，吃的时候还大口喝着从溪边舀来的水。她用干燥的沙滩水草和桦树皮生起一小堆火，往里面添了些熊拾来的灌木和树枝。接着她拿起一条熊在流经森林的小溪里为她抓的鳟鱼，擦了擦，取出内脏，放在绿色枝条和湿海藻上烤，用的燃料是她拖到火堆旁的木炭。

她狼吞虎咽地吃着，什么都不放过。当鳟鱼只剩一具连眼睛都被吃光的骨架时，她抬起头，想找找看还有没有吃的,却意识到已经有一会儿没看到熊了。她想知道他有没有可能是自己幻想出来的,或者是个鬼魂,可这无法解释鱼是从哪里来的。她想着想着,看到熊四脚着地沿海滩向她走来,嘴里还叼着两条鱼。靠近她之后,熊丢了一条鱼在沙地上。她盯着熊仍叼在嘴里的那条鱼,于是他又把这条鱼也甩给她,差点落在她的腿上。她捡起鱼,用刀划开,掏出内脏,放在她之前烤鱼用的那堆绿色枝条上用火烤。

傍晚时分,他们坐在堆满枯枝的火堆前。火堆曾像一座小小灯塔,为寻找避风港的船只指引方向,可这座灯塔现在已经烧毁,再也帮不了船只了。女孩又一次坐在离熊很远的地方,沉默不语,她的不安、恐惧与悲痛是如此强烈,熊似乎也能理解她的感受。他在沙地上拖着笨重的身躯走动,告诉女孩,整个森林都认定她用来葬掉同伴的火是夏末闪电引发的野火,这种事时常发生。他还告诉女孩,灰烬和烟雾飘入空中时,所有生灵都开始朝它们能找到的庇护所转移。

鹰将一切尽收眼底，并把女孩的事告诉了熊，然后他独自走到海边，发现女孩睡着了。熊以前在湖边见过她，见她用弓捕鱼，他感到很惊奇。所以当他在这里发现她迷了路，没了伴，就知道和她一起回到孤山的，会是他自己。

熊说起这些时，女孩仍沉默着。当他说完后，她久久不语，然后隔着火堆看着他，闷闷不乐地说，他不是我同伴，他是我父亲。

我知道了，熊说。对不起。

对了，你为什么能跟我交流？女孩问道，话音里流露出悲伤与愤怒。

到时会有合适的时间和地点来回答这个问题，熊说。现在不是时候。春分早就过了，如果你想在冬天前回家，我们得上路了。

我只睡了一天，女孩说。

你睡了整整一个月，熊说。

熊说话的时候，女孩看着火焰的影子在他鼻子上跳舞，然后望向夜空，只见一轮接近满月的月亮刚从天边升起。

再过几天,获月[1]就要出现了,熊说。我想告诉你,我担心我们已经错过了好时机,但我们要竭尽全力去做我们需要做的事。

女孩回头看了看火堆,然后又看了看熊。

你为什么等了这么久才叫醒我?她问。

因为睡眠是我所知道的唯一的安慰,熊说。

她在洞里的铺盖上躺了一整晚都没睡着,直到黎明时分才渐渐进入半睡半醒的状态。她在太阳升起时醒来,再次伸手拿弓,却只摸到了山洞的地面。她起床后没生火,打开父亲很久以前做的鹿皮背包,将里面的盐、刀、平底锅、钓线和鱼钩统统倒出来,走出山洞来到海滩上,发现熊正坐在那里盯着东方的天边。他转过身,看女孩脱下鞋,光脚拿着空包走进一堆灰烬——这里曾是女孩火葬男人的地方——看她踢着已经变冷的焦黑木柴,开始绕着逐渐向中心收紧的圈子走,然后停下脚步,跪了下来。

---

1 美洲神话传说中最接近秋分的满月。

她一直跪着，双手放在身侧，眼睛盯着地面，就这样过了很久。然后她抬起头，开始从灰烬和焦黑的沙子中捡起男人的遗骨。她着迷于它们的大小和轻盈，把每块骨头都在手里举一会儿，像是在渴求着什么，然后让它们轻轻地滑入背包。肱骨。腿骨。脊柱和骨盆。颈椎骨和锁骨。她拨开一堆木炭，找到头骨，拿在手中，凝视空空的眼眶和鼻框，被火烧过的牙齿色如珍珠，头顶处已裂开，沾满了灰烬。她把它紧紧搂在胸前，又一次哭了。

等她那被割伤的脏手指找遍了能找到的所有骸骨后，她站了起来，开始铲骸骨周围沾满烟垢的沙子，用手轻轻倒在包里的骨头上。这样一来她仿佛跪在一个白色的圆圈中，而周围都是灰烬。接着她从坑里走出来，回到山洞里。在那里，她像卷铺盖那样卷起了裹着骨头的包，用两段生牛皮捆住，往自己的背包深处塞。她又把父亲带的东西和一小袋盐放在那捆骨头上。除此之外，她还放了刀、罗盘、一袋燧石、铁片、梳子和玻璃碎片，以及她没吃完的不易变质的食物。她举起背包，扛在肩头，走上海滩对熊说，是时候了。

他们立刻出发,沿小溪进入森林,然后顺着女孩罗盘的指向朝西北偏北方向走,再次穿过了内陆和茂密的松林。熊寸步不离地跟在后面,他对女孩用来寻路的东西到底是漠不关心还是心怀敬畏,女孩自己也搞不清。第一个晚上,他们在一座光秃秃的古老石山上露营,头顶的月亮照亮了遥远的海岸,也照亮了西边的山麓。早上他们起床,继续上路。

正午时分,土地上到处都是白桦林和成片的雪松,熊在这时拦住了女孩,问她手里拿的是什么。她告诉他,这是她父亲送她的礼物,无论怎么拿着它,在哪里拿着它,它都会指向北边。熊说,那现在就把它举在你面前,我们得从这里往北走。

女孩没有提出疑问。那天他们俩一直走到日落，没有生火便在一片松林里躺下，树木整晚都在他们周围低语。早上他们再次出发，爬上离开海岸以来爬过的最高的山顶，这时女孩才意识到熊带她走过的这条路绕开了那些墙所在的地方。她很好奇他知不知道那里曾发生过什么，他是不是出于本能自然而然地避开了那些墙，但她没有问，也没有从山顶回头看一眼地平线上的那片土地。

接下来的几天，森林里阳光和煦、微风习习。为了赶时间，女孩和熊每天都起得很早。前一天还在向北走，第二天却转向正西，第三天又往西北行进。他们在日出时出发，一路上其中一个总是走在另一个前面。他们似乎对自己的进展感到满意，可选择的路线更像是盲目的迷路流浪者所偏爱的。他们迎着悬崖峭壁、绕着山谷漫游向上，看起来不像是在荒野中沿着地形前进，而像是每晚临睡前投骰子，随机决定了黎明时要走的方向。

他们吃的是熊在他们露营的溪边捕到的鳟鱼，女孩像松鼠一样从松果上扯下的松子，还有他们发现的野葡萄和覆盆子。这些果子在秋天时长势极好，熊把它们从藤蔓和树枝上吸下来，就好像它们只是空气。他们吃毛蕊花、玫瑰果和香蒲。走得更远时，他们采集了山核桃、黄樟树根、枫树树皮。深入树林时，他们还采集到了白桦树和五针松的内层树皮。熊似乎知道每种水果、野生植物和结坚果的树会长在路上的哪里，或是离哪里很近。女孩对此感到惊讶，同时为森林里有这么多吃的而心存感激。

一天早上，他们发现草地上有一片像太阳一样盛开的一枝黄，熊停下脚步，看着蜜蜂从一朵花飘到另一朵花上，然后满载着花粉飞走。他靠鼻子跟踪每只蜜蜂，远远地盯着它们，仿佛只观察它们的劳动就很满足，直到他对女孩说，往这边走。

他们迈着大步，沿直线从草地进入森林，来到一棵被闪电击中的大枫树前。树被一分为二，裂口就在中间。蜜蜂从残根里进进出出，贴在地上才能听到它们发出的低沉的嗡嗡声。女孩那时便明白了他们在寻找什么。熊就像她父亲以前那样，看着蜜蜂从花丛中回到蜂巢，然后找到蜜蜂产蜜的那棵树。他一刻不停地阔步向前，一摇一摆爬上树干，直到爬到与裂口平齐，把爪子和脸伸进树洞。工蜂将他团团围住，遮住了他的鼻子，他却似乎毫不慌乱。女孩在下面看着他用后脚掌紧紧贴住残根，用其余两个脚掌在洞里挖来挖去，将蜜蜂、幼虫、蜂窝以及粘在他脚趾毛皮上的东西用爪子往嘴里送，吃了个干净。

熊和女孩朝着高山的方向走去，走了一天又一天，交谈甚少。沉稳的步伐和收集的食物是他们的语言。

当他们来到一片由三棵核桃树组成的小树丛时，差不多已经到了正午。这个小树丛位于山顶的原野上，但那里本不该有原野。熊独自走进原野，朝核桃树的方向走去。当熊意识到女孩没有同行时，他转过身，看到她在树丛里等着，便用雷鸣般的声音喊道，你要和我一起去吗？

女孩走入了空地。

我父亲教过我，他说当我来到一片原野的边缘，要等在那里，她冲他喊道。

你父亲把你教得很好，熊说完便继续快步爬上小山。

女孩注视着，然后踏入了一丛丛在寒秋中变成紫铜色的须芒草中。此前她唯一一次来到如此开阔的原野，是十岁那年秋天和父亲去猎鹿的时候。那时她正在学习追踪技巧，他们离开家很远才看到猎物。之后父亲用弓射中一头雄鹿，鹿从树林蹿进一片原野——很像此刻她面前的这一片——躺倒在高高的草丛中，再也没能站起来。她本想直接跑过去，男人却拉住她，给她讲了猎物和猎人、恐惧与平静、盲目与光明有何区别。当男人确定雄鹿已失血过多后，他们经过一番搜寻，在草里发现了它，剥了皮，去掉内脏，把它带回了家。现在她想起了父亲，想起他信任作为猎人的她，想起他既非作为猎手也非作为猎物的死亡，于是怀念起他来，心里有多悲伤，身体便有多疲惫。她深吸一口气，稳住自己，然后闻到了秋天腐叶的味道，感到风中的凉意越来越浓。风吹弯了草，草划破了她的膝盖。冬天已经不远了，而她很饿。她不知道什么能缓解她的悲伤，但食物会缓解她的饥饿。于是她调整了背上的背包，继续往山上朝熊走去。

小树丛里，一串串绿色的核桃从树的侧枝上垂下来。裂开的褐色果壳躺在地上，果肉已被鸟儿和松鼠一扫而光。熊用身子蹭着那棵最大的核桃树，后腿蹬地站起来，开始摇晃他能够到的第一根树枝。树枝下起了核桃雨。然后他来到树的另一边，摇晃起另一根树枝。越来越多的核桃像暴风雪中的冰雹一样落下。接着他转向下一棵树，用同样的方法将小山上三棵核桃树的核桃都摇了下来。

不等熊说，女孩就知道要做什么。她从背包里拿出羊毛做的包裹，摊在地上，开始收集掉下来的核桃。他们吃饱后，女孩在草地上擦了擦发黑的手指。熊舔完爪子说，还有一棵苹果树。我能闻到气味。

他们朝森林的方向走去，走到山的另一边。那里有一棵苹果树，树长在阳光和阴影的交界处，不算高大，也不够饱满，但足以结出让松鼠和鹿都吃不完的果子。熊朝树靠近，站了起来，也摇晃起这棵树，女孩则捡起了掉下来的苹果。有些苹果他们就地吃掉了，其余的被女孩用包裹裹紧，放进了背包里。等他们忙完，太阳已经越过了天空的中点，熊则把身子和头朝空中舒展。

你准备好了吗？熊问女孩。

她点了点头。于是他们俩走进森林，就好像走在一条已经被人走过且标记出来的小路上。

他们走出森林,停在河边,只见山脉高高耸起,山顶上覆盖着白雪,黄昏的天光照亮了北方。穿过树林时,有一段时间能听到河道传来的隆隆声。而现在面前的激流声太大了,他们只好退回森林边扎营。

熊在河边的漩涡中捕鱼,女孩生起了炊火。他们吃完饭,围在火堆旁,女孩告诉熊,她和父亲从高山上出来时也走过这段路,想要由西向东渡河,必须经过这里。即使是在仲夏时节,父亲也会把她绑在身上渡河,可水流太湍急了,她还是觉得自己会被卷走。熊说这条河水流湍急,还说他曾见过一只熊崽在离他们现在坐的位置不远处蹚入河水,结果淹死了。他告诉她,他们也会爬上面前那些山,但离高峰还很远,照他们的速度,冬天之前是无法到达的。明天他们要往正北方向走，如果不下雪，几天后就会到达一个洞穴，他们俩可以在那里过冬。

所以我回不了家了，女孩说。她不是在问问题，而是用一种与熊交谈时惯用的平淡、冷漠的语气说道。

冬至前回不了，熊对女孩说。我们面前有条河，空气又这么冷，肯定不行的。

我们可以顺着河走，一直走到有雪的地方，我可以自己过河，女孩说。

你以前过不了河，现在就可以吗？熊问道，用鼻子指着远处的山脉，晚霞将山顶染成了红色。

已经开始了，他说。我们要一直爬上林木线。到了以后，我们俩都得做好准备。

这晚比前一晚更冷，女孩用散落在四周的一堆枯木将火生旺。河离他们坐着的那片山毛榉林不远，湍急的水流在她听来就像是在合唱，里面有一些声音是她从未听到过的。然后她又问熊他是怎么能说话的。

熊动了动身子，叹了口气，沉默了一会儿。等他终于开口，他说很久以前，所有动物都知道如何发出女孩和她父亲交流时用到的那种声音。可其他像她这样的人却不再倾听，于是这门技艺便失传了。至于熊，他是跟他母亲学的，后者又是跟她母亲学的。他说，并不是所有动物的声音都在能听到的范围内，但所有生灵都会说话，也许真正的问题是，她为什么能够听懂他的话。

女孩小口喝着锡杯中的松针茶，思索着这个问题，然后说她很难相信所有生灵都需要说话。

你得相信，熊说。不管你听不听得见，它们都需要说话，就像它们需要空气来呼吸一样。

女孩在火堆旁找了个坐的地方，那是一片盘根错节的古老树根，像一只干瘪的手从地上长了出来。她借着火光低头注视它们，用手在树根表面游走，陷入了更深的思索，研究山毛榉如何会形成一连串的指节和手指，从粗壮的银色树干上分出杈来，又消失在地上。

那树呢？她问。

树也一样，熊说着，在黑暗中抬头看了看那些山毛榉树枝的枝头。他说，树木是森林真正伟大的守护者，从一开始就是如此。很久以前，一些古老的动物曾说，是树木教会了它们说话。树木从不发出多余的声音，每个字都像呼吸一样，传达了某种善意、某种意志。因此树木是森林里最聪明、最富同情心的生物。当它们有能力的时候，会尽其所能照顾好树荫之下的每一个人、每一件事。

女孩的疑惑此时已变为惊奇。火光中的她向前探了探身子，问熊，它们说话的时候会发出什么样的声音？跟树叶的沙沙声不一样，对吧？

熊这时也想了一会儿，然后说，往下走，到河边去。那里有块石头，洪水长时间从它旁边经过，在下游一侧挖出了个带漩涡的深坑。那是我捕鱼的地方。去听听看吧。

女孩站起来，离开熊和山毛榉林，沿河岸来到水边，在那里找到了熊提及的石头和深坑。她把耳朵凑近绕着石头慢慢打转的水，一下子听到了汩汩声和嘶嘶声。与水流湍急的其他河段相比，这一段流得慢一些，河水似乎被那个深坑拖住了后腿。她把手探进水流中,像是要触摸那声音,又把手抽出来,走回熊身边,坐下来。

熊知道她听到了什么,没有听到什么。当她静静坐着的时候,他告诉她,树木的声音就是森林的声音,它们说话时并不关心时间,所以女孩或许要花上好几个月相才能听到它们的某次谈话,多数时候只能听到只言片语。但对树木来说,这和夜里围在火堆旁讲给别人听的故事、瞬间说出的一个词或一辈子说的话相比并没有什么不同。

难道你从来都不觉得在你们生活的那座山上,你周围的树木在某种程度上都是你和你父亲的伙伴吗?熊问。

倒也不是,女孩说完,回想起自己年幼时经常独自坐在森林厚厚的苔藓上听风吹过。有几次,她相信自己听到的不是风声,而是一种古老、舒缓、温柔的声音,就像水绕着石头打转发出的声音一样。

是树的声音,熊答道。它们是我们大家的伙伴,不会忘记在森林里发生的任何事情,哪怕四季更迭也依然记得。要知道,每一棵树都承载着每一个曾经接触过它，或者从树荫下经过的生灵的记忆。我说的是每一个曾经在大地上行走过的生灵。

熊看向火堆，说道，你用来做饭和取暖的木头也是一样。升起的烟曾是一段记忆。那段记忆所属的故事如今只剩一堆灰烬。不然你为什么要带着你父亲的骨灰？

他们俩沉默了很久，直到女孩把手放在身边一直带着的背包上说，所以它们会记住我们的，对吗？

只要它们还在森林里。这一点我很确定。

那天傍晚，女孩和熊都没有再说话。她用所剩无几的木头把火生旺，夜空澄净，她推测当晚会有霜，便把自己裹在了羊毛毯里。她躺在那里凝望天空，感觉火势渐弱，森林里也越来越冷，于是拿起毯子，借助余火的微光躺到了睡着的熊那温暖的肚皮旁，这还是他们踏上旅途以来的头一次。

现在，他们沿着一条狭窄的小路往上爬，一个在前，一个在后，时而挤在一起，时而分散开来。一路上，熊追寻深秋浆果的气味，女孩则拿着刀追逐一只在落叶下寻找橡子的落单松鼠。随着小路变宽，他们俩再次靠近，沿着一条小溪并排走，这条小溪汇入了已被他们抛在身后的那条河流。

熊只是想打发时间，才让女孩多讲一些关于她父亲的事。于是她谈起了男人射箭时用到的技巧。他打猎时用的那把山核桃木做的弓有多漂亮，多匀称。男人用桦树做的箭从不错失目标，箭头很锋利，总是先沾到血，再沾到泥土。她还谈起了他和她一起做的那把弓。有一天，他给她展示了用来做弓的那根木棍，讲他是怎么打磨弓的，又花了多少心思才把它做好，它将陪伴她很久,为她带来食物并保护她——尽管她从没想过自己在森林里会需要保护,直到他们来到那些断壁所在之处。要是没去那里,她就不会把弓和男人的尸体放进火堆里烧掉。没能抢先一步杀掉那只让父亲丧命的动物让她悲愤交加,她甚至失了心智,觉得自己不配得到父亲给的那把弓,所以它应该回到它的制作者那里,而她活该自生自灭。

熊走在女孩身边,静静倾听着她的话:起初是对制弓者的赞美,后来则变成袅袅飘远在空中的烟,像是从香炉里飘出来的,而那些摇晃着香炉做礼拜的人很久前便已化作了鬼魂。女孩说完,周围又安静了下来,只听得见他们的脚步声。这时熊对她说,你这么说就好像他们都已经不在了,但你依然带着这个男人和这把弓,你也确实需要这么做。不过,看看你的周围。按照你的说法,就算没了他,你还是能再次制作出那些生存所必需的东西。他早在去世前就已经为此做好了准备。

女孩什么也没说,只是对熊的说法点头表示同意,然后继续沿小溪的主干逆流而上。溪水则顺山势而下,流得越来越快,水面也越来越窄。

黄昏时分,他们来到一个布满岩石的溪谷,溪水奔流不息,响亮地穿过盘曲的树根,汇入流经岩石的大瀑布,接着落入一汪深潭。他们吃的是溪鳟,是女孩用她从父亲的背包里取出的鱼钩和钓线钓的。鱼太小了,很难钩住,但她幸运地钓到了两条。晚饭后,熊去搜寻蚂蚁和小虫,他瞄准那些散落在陡峭溪岸边、被吹倒的潮湿木头的腐烂底部去找,女孩则留在火堆前坐着。

熊回来后坐到女孩对面,身影在火光中摇晃。他告诉她,他开始觉得比起吃东西,自己更需要睡觉。这时他的声音听起来更低沉、更缥缈了。还得在山脉中再走一天才能到达。他说,那个洞穴很不错,她在那里过冬准没问题,但要知道,她再次独自一人的那一天很快就会到来。

熊没有再说别的。他们坐在火堆旁,默默陪伴彼此,感受着温暖。云朵飞快地在他们头顶消散,露出寒冷无月的夜空中的星星。但女孩的目光仍停留在她为了熬过这晚而生起的劈啪作响的火堆上,脸上感到暖意让她很高兴。

身处阴影中的熊说,你很想他,对吧?

女孩没答话。熊坐直身子,用后腿站立起来,继续在火光中摇晃。

以后还会有别的事情让你想起他,熊说。你会感到失落,就好像有一阵冷气慢慢向你逼近。我懂。

你不懂!女孩突然大声说道。每天早上醒来我都盼望能见到他。还有每次我们拐弯的时候。森林里每根断枝都是他在我面前折断的。到了晚上,我会在余光里瞄到一个模糊的身影,可等我仔细一看,却发现那只是火焰或月光。我多希望是自己看错了。

我真的懂,熊再次说道。

你不!女孩大喊。

熊仰起头,指着低悬在空中的一簇星星,用和往常一样低沉而起伏的声音说,看,那是我的祖先。大熊座。你看见她了吗?我母亲教会我怎么找到她,怎么把她当作向导。

看见了,女孩说。我父亲教会我追随指向北极星的北斗七星，就像追随他给我的罗盘一样。

是的，熊说。但从另一个方向看，你看到的不仅是尾巴，还有整个身体，被遗弃在夜之森林里。

然后，他伸出的爪子划过天空的左上角，好像正在画出整个大熊座。

无论我在森林或是睡梦里游荡了多远，我都会抬头看看它，确定方位，就像母亲教我的那样。

火堆噼里啪啦地燃烧起来，火焰变成了橙色和蓝色，像熊追逐过的蚂蚁一样在木柴周围跳动。

所以你总是单独行动，女孩说。

是啊，直到今年秋天，熊说。现在我正和你一起漫游。但我很想念曾经能触摸到的朋友和家人，当我们穿越曾经去过或在那里长大的森林时，都会想念他们。这并不意味着那个人已经不在，或永远消失了。要知道，尽管他不再与你同行，却仍然留在你记忆中的时间和地点，在那里他会一次又一次地出现，只要你去寻找。不仅是他常去的那些地方，还有他当时去不了，现在却能够抵达的地方。在湖畔斜照的阳光中。在小径脚步声空隙的寂静中。在你独坐时身旁火堆里冒出的木头烟味中。难道你没有从你父亲讲的那些故事里，从你母亲去过的地方，从她自己学到且清楚她母亲也很擅长的那些本领里了解到一些关于自己母亲的事吗？

嗯，女孩说。

这就是我一直想告诉你的，熊说。你父亲也知道这一点。他不明白的是，那时的你从未了解像他那样想念你的母亲到底是种什么感觉。现在你知道了。很久以前，对你们中的许多人而言，只有一件事不会改变，那就是他们会不断失去。现在就算只剩你一个人了，失去同样是艰难的事，同样注定要发生。即使到了只有大地会想念你的那一天，这一点也不会改变。尽管在你不再随日出醒来之前，大地就会看到我的幼崽们出生，并被送去漫游。

他们在早上醒来，抖落身上的寒气，起身要走。女孩喝光了葫芦里剩下的水。熊舔着地上的露珠，上下摇晃脑袋，好像在缓慢而郑重地点头。接着女孩收拾好背包，和熊向正北方出发，一直走到溪水变成流入地下的涓涓细流，然后不再流动——它退回了岩石、苔藓和泥土中，那里是它的源头。

他们沿着山坡又走了两天，只在睡觉和觅食时停下，从白桦树的内层树皮和火炬树的红色球果中采集食物，沿途吃着一串串带核的果子。第二天，他们爬了很长时间，终于抵达林木线。东边的光线渐渐暗淡下来，熊转身走上一条蜿蜒曲折、有石子做阶梯的陡峭小路。他跳跃每一个障碍，不顾一片片地衣和刚下不久的雪，女孩则努力跟上，不让自己摔倒。当最后一缕阳光在西边消失时，女孩确信自己没法再摸黑继续向前。此时熊在一块岩石和灌木组成的架子上停了一会儿，然后继续往前走，看起来像是在穿过一堵石墙后消失了在山里。那里有一条巨大的裂缝，仿佛只是岩石上的影子，旁边长着两棵矮小的香柏，活像守卫堡垒的小小哨兵。女孩站在岩架上，差点要喊熊回来，结果熊走出缝隙，点头示意她跟着，于是她穿过缝隙，进入山体之内。

洞穴足够大，女孩站直身子后还能把手放在洞顶和头之间。洞里有股发霉的稻草味，还有种地窖里的湿气。她让眼睛适应黑暗，开始从洞穴的角落里收集干松枝、树叶和棕色雪松枝，在洞口附近生了火。熊告诉她，她很难让火烧很久，毕竟这里地势高，也没有多少硬木。但她还是去洞穴外搜寻了能找到的一切柴火，并带回了白桦树枝、干雪松和枫树枝，把它们堆在火堆上。火势不大，冒的烟却不少，雪松树脂在火焰中爆裂，哗哗作响。洞穴被照亮了，女孩看出这些年有不少动物曾在这里住过，它们或许都觉得此处是个舒服的落脚点。老鼠和红松鼠曾在这里囤积橡子。蛇在这里蜕过皮。蝙蝠在地上留下了黑色的干燥粪便。这里就像是旅途中的又一个停留点，任何进入这里的访客都会在早晨起身，继续前行。

熊似乎没注意，也不关心洞穴的状况。他绕着里面慢慢转了一圈，好像正在寻找什么丢了的东西。然后他靠着洞壁躺下，用缓慢而颤抖的声音问女孩，你的火怎么样了？

我以前生过比这更暖和的火，她说。

要下雪和降温了，熊喃喃说着，像是带了鼻音。可别让火灭了。

我会让它一直燃着的，女孩说。

春天之前，别离开我，他说。每个词都像是一次呼吸，仿佛是在乞求。

别走，他又说了一遍，然后睡着了。

女孩守着她的火堆，直到它快要燃尽，然后告诉熊她要出去再找些木头，入口的微光将是她回来时的灯塔。她把毯子紧紧裹在身上，走到黑暗中，在离洞穴不远的地方发现了一棵枯死的五针松。她把它推倒后拖回洞里，将树干一段一段放入火堆，然后也睡着了。自她离开孤山旁边的家以来，就数这一次睡觉的地方最像暖和的炉石。

醒来时她感觉很冷。夜里的一股冷锋已经过去,天空变得晴朗,空气冰冷而凝滞。她跺脚取暖,将一些干燥的树叶放在前一晚用来控制火力的木炭上,往上面吹气,直到火焰升起。让她感到奇怪的是,熊没有在她之前醒来。等柴火烧旺,她走到洞穴深处,想叫醒他。

她缓步靠近,轻轻按着熊的肩头,小声对他说话。可他却一直在睡。

她往后站了站,看着那巨大的黑色身躯蜷缩成一团,在洞穴昏暗的火光中一起一伏,然后她跪下来打量他的脸。他的头埋在前爪里,前爪搁在石头地面上,触到后脚掌,形成一个闭环,像是某种捕不到猎物的陷阱。她听着他轻轻呼吸时的鼻息,知道即使自己扯着嗓子大喊他也不会醒来。她现在落单了。

她泡了黄樟茶，照看着火堆，望向周围斑驳的森林，那里有雪、石头和落叶。矮松和香柏长在山上宽阔的裂缝中，山毛榉、枫树和几丛白桦树立在林木线之下的远处。她曾在往山下步行半天的距离里看到并采集过山核桃，知道树枝和林地上也能采到一些，不过这些木材并不足以让她熬过冬天。

一整天她都在收集柴火，寻找松子和树皮，又在一块石头上发现了渗泉，在那里给葫芦装满了水。到了傍晚，太阳已经落到一块棱角分明的云层后面，空气中弥漫着浓重的湿冷气息，她知道这预示着暴风雪将至。她用石头筑起火坑外墙，用来挡风和导热，把木炭往火坑里扒，又在上面放了两根大木头。晚餐时她吃了些白天找来的食物当晚餐，然后用羊毛毯裹住自己，睡着了。山上的风刮得愈发猛烈，像是在咆哮。

暴风雪在天亮前到来，洞口周围飘起了雪。森林被暴雪掩盖，只有树木的黑色轮廓在狂风中时隐时现。这样的天气持续了一整天，第二天依旧如此。女孩吃完了所剩无几的口粮，到了第三天早晨，当雪停风止，她便再次外出寻找食物。

此刻，太阳在云层间闪耀，云朵四散，在天空中迅速地移动。雪一簇簇地从树枝上落下，树上仍有些叶子。她发现不穿雪鞋很难在积雪中穿行，但地上有一些纵横交错的小动物的足迹——兔子在努力搜寻树苗，松鼠在寻找它们在暴风雪来临前埋下的橡子——她索性也豁出去，朝山下的更远处进发。在一棵桦树旁，她剥下刀子那么长的内层树皮，还想试着再去找那棵山核桃树，可没走多远就已经筋疲力尽了。她停在一棵五针松下收集松针，在雪地里挖洞寻找松果。她找到三个松果，然后回到了洞穴。

到晚上时，吃的便所剩无几了。她坐在火堆前，从最后一个松果上摘下一颗瘦巴巴的松子，把鳞片扔进余烬。火突然越烧越旺，不一会儿，鳞片就被烧了个干净。洞穴外，风从山上呼啸而过，那声音让她想起了潜鸟。她起身将最后一根雪松的枯枝放在火上，知道它在天亮之前就会烧光。她感受着饥饿的折磨。

毯子和兽皮铺成的床位于火坑边的石头和洞口的墙壁之间，她蜷缩其中，问，当你在这样的夜晚和她交谈时，她会回答你什么？

她知道，对这个季节而言，暴风雪来得太早了。和熊一起旅行时，她粗略测算过，知道太阳还没有经过冬至点，因为她的影子还在地上被继续拉长。动物们同样措手不及，这就是为什么她会看到那些足迹。寒冷的日子和雪一样，都提前到来了。当她在早上努力重新生火时，脑海中开始浮现各种念头。她想到阳光和阴影在湖边那块石头的正午标记表面移动，想到树枝在微风中弯曲，想到夜晚时分兔子小心翼翼地跳出树林，在岸边高高的草丛里觅食，然后兔子都消失了。还想到父亲曾告诉她，老鹰都发现不了的穴兔和野兔，现在已经更难捉到。深秋落了雪，鱼儿也从堰里消失，我们得等到冰变厚了才能捕到它们。他说的是穴兔、野兔和鱼。她记得那年秋天男人曾教她如何布置陷阱，还记得小房子里火炉的温暖、烤野味的香气。

她站起来,从火堆里拿出一块木炭,开始在洞壁上做记号。距离上一轮月亮已经过了有多久？最近一次抬头仰望的中午,她的影子有多长？她只需在乎两件事：食物和家。她制作陷阱需要的所有材料都在随身携带的背包和洞穴外的林子里。木棒、绳索和一把刀。要是兔子也在冬天到来前觅食,她可以把它们引入陷阱。要是天气一直这么冷,她便不必跋涉去高山,马上就能从冰上渡河——就是那条她和父亲一路向北,走了将近一个月才渡过的河。这将是一次更短的回家之旅,也许在至日前就能完成。

她离开冰冷的火坑,把包里的东西全倒了出来,只留下捆绑好的骨头和骨灰。她把手伸进去,手掌朝下,放在叠好的鹿皮背包上——她从没见过他不带这个背包的时候——然后说,不把你埋在她身旁,我是不会罢休的。我保证。

那一整天她都在为第二天做准备,然后在第二天早上回到了之前看到过兔子足迹的地方。她在一条小路上挑了个位置，那里有新鲜的足迹，还有一棵可以任人弯曲的树。她修剪下树枝，做成地上的陷阱框架和触发机关，接着将绳索系在机关和树上。她在绳子上打了个活结，把树弯下来，用山毛榉的树叶和冬青浆果做诱饵，设下了陷阱。然后她朝山核桃树的方向走去，决心要在那里找到些吃的。

在雪地中行进很费力，她不得不忙到了傍晚。回来时，包裹前端被折了起来，里面兜着山核桃、松果，还有一把她在苔藓中发现的冬青浆果。

她把这些留在洞穴里，借着最后的余光回到设下陷阱的地方，发现一只活的棉尾兔挂在被她折弯的树上。她看了一会儿，然后朝兔子靠近，感觉自己听到了一声喊叫，于是拿出刀，走向那棵树。在它挣扎着想要脱身时，她看到这只动物的眼里闪过一丝恐惧。接着她把它提了起来，这样它就不用吊着了。

对不起，她低声说，拿着刀快速地行动起来。

那晚她把烤的肉吃了一半，剩下的用树叶包起来。接着她把里皮和外皮刮干净，以便之后加工。要是再抓一只,她就能做一副连指手套了。当她吃完时,天色早已暗了下来。她在一天之内就获得了本以为要花三天才能得到的食物。她去外面取回探险时发现的木材,不过在那之前她先爬上了洞穴上的石山。在那里她能看到辽阔的夜空,一轮弦月早已在西边落下,北边闪烁着绿色、黄色和红色的光,像水波一样在地平线上空起起伏伏、闪闪发亮。她惊奇地注视着那些光,注视着高高的天空中可能存在的生命,感觉到了心中的强烈意志。她转身朝南望,仿佛要记住下山的路。要是有时间,她也许能做几双雪鞋。但没有时间了,她得在所有山路都变得无法通行前回家。

○

她起身喝了一小口水,走到熊靠着睡觉的洞穴后壁,此时清晨的天空仍然满是星星。她把手放在他的头上说,我不能一整个冬天都等在这里,否则我会死掉的。

熊翻了个身,女孩往后退了退,期待他睁开眼睛,同她深情告别,或者求她不要离开。他打开用身体团成的环,滚到另一边休息,然后又合上环,打起了鼾,巨大的身躯缓慢地起伏着。现在她知道他睡得有多沉了:睡梦中,他沉重的眼皮在照进洞穴深处的微光中抽动着;睡梦中,他穿越了某个未知的森林,又或许在夜空的星座里找到了安息之处。

当她走到外面时,天色已经变亮,树林似乎也在黎明中变得繁茂了起来。她一时有些迷惘,仿佛早春已经来临,这便是最后一场雪。直到刀子似的风掠过皮肤,她才意识到现在仍是冬天。

她沿着和熊去洞穴时走过的路下山,发现自己还记得这条路。她利用沿黄道运行的太阳和她的罗盘寻路,一路向南,找到一条穿过树林、越过瀑布的小溪,然后朝西行进。

当太阳穿过高高的云层,看上去接近正午的时候,她在一片开阔的小树林里停下吃东西,时不时测测自己的影子。第二天再次这么做时,她发现影子的长度完全没有增加——至少她是这么觉得的——便把那天当作了冬至。她带着自己做的曾经拿来制作陷阱的木棍,在最大的那一根上用刀刻了个记号。第一天。从现在开始,这就是她的日历了。

她走在大雪中,只在睡觉、觅食和给葫芦灌水时停下,终于在三天后来到了宽阔而冰封的河边。河岸周围满是草原和森林,光秃秃的桦树和柳树在那里生长。河边的世界看起来像是一条白色床单,蜿蜒着穿过了一个浅谷底部。她走上前去测量冰层。父亲曾教她如何根据颜色和水的类型辨别冰的厚度。她拂去冰面上的积雪——冰层中间浑浊而粗糙——趴上去,分散体重,倾听着。自暴风雪后,气温每天都在冰点之下。若是在湖上,这足以形成一个手掌那么厚的冰层。但是她以前从没见过结冰的河流。她撑起身子往前爬了几步,再次趴下倾听,然后又跪着爬出去五步。接着她站起来,走了三步。上次见到这条河时它并不湍急,但很深。可现在她的周围全是冰。这里没有任何开阔地带,因此没有急流能阻止冰面变厚;也没有冰塞,因此风和急流无法将浮冰堆成一座高墙,并在冰下留下一个宽阔的气窝。她向远处的河岸走去,河岸离她站立的地方并不比她家到湖的距离远,她感觉这段距离像是在吸引着她。她跪下再次看了看冰面,接着又站了起来。

那一天,她一度觉得有什么东西在跟着自己。当她停下来吃饭,或者走到一条狭窄的小路上时,都会出现这种感觉。她什么都没听到,只是有一种感觉。现在她很想渡过这条河,不仅是为了离开这片比想象中待了更久的土地，也是为了回到一个她熟悉的地方等时间流逝，即便那里如今只有她一个人熟悉了。

她又朝岸边走了四步，伸出双臂，一副要飞的样子，然后在冰面上跑了起来。先是小跑，然后则全速奔跑在覆盖住河流的积雪上。

没有裂痕，没有晃动，也没有呻吟似的声音。冰块爆裂开来，她像块石头一样掉了下去，惊叫着倒吸了一口气，落水时也只吸了这么一口气。

水里一片漆黑，难以忍受的寒意像弓弦一样紧紧缠住她的胸口。她扭头寻找洞口的光，看到它正穿过破碎的冰层斜射下来。水流拽着她往下沉，她则奋力向上游。但她没被卷走，有什么东西拽住了她，她这才想起自己的背包。它卡在结了冰的河水底面。她把头从水中抬起来，伸进冰下的气穴，呼吸，然后开始往回游，朝她掉下的洞口游去。寒气正渗入她的体内，她觉得头和身子很痛，像是遭到了一记重击。她在冰下慢慢移动。等洞口看起来触手可及时，她伸出双臂，潜到水面下方，解开背包，用力踢腿。她清楚这次要是抓不住洞口边缘，便很有可能没力气游回去。她再次蹬腿逆流而上，抓住锯齿状的冰架，冻僵的腿在水下来回摆动。她坚持着，最终爬回了冰面。

这时她觉得脖子后面被咬了一口，仿佛肩膀被一个柔软的老虎钳钳住了，又感觉身体被提了起来，冻僵的四肢在雪地上拖行，身下的冰和拎着她的东西齐齐发出爆裂声。与此同时，他们越来越快地朝岸边移动。咬着她的地方有一股温暖的气息，这是现在她唯一能感受到的暖意。她漂浮着，感受到一丝温柔和紧迫，最终在雪地和结冰的河边草地上停歇了下来。

这便是死亡的滋味吗，她心想。可不知为什么，她知道这不是真的，并试图站起来。就在这时，一只高大的美洲狮——有着金子一般的毛皮，黑色的轮廓，鼻子看起来像起飞的鸽子，跟漆树一个颜色——把一只爪子垫在她身下，将她抬了起来，揽入它柔软而温暖的胸膛，然后开始奔跑着穿过平原，回到森林里。

她游上来,沉下去,又游上来,发现这次已经能够在梦里的水中呼吸了。当头冒出水面时,她望向湖的另一边,看到父亲正划着那艘桦树皮做的旧独木舟离她而去。她开始用有力而平稳的划水动作游泳,就像小时候在夏日午后所做的那样。游着游着,她的胳膊累了,无法从身体两侧抬起,于是又开始下沉。水越来越冷,水面在她上方移远,变得昏暗,如同一团快要熄灭的火。

她在两具毛茸茸的身体之间醒来,一边是沉睡中的熊的鬃毛,另一边是美洲狮的软毛——大猫的前肢仍抱着她,让她远离洞穴寒冷的地面。

她靠着熊的身体伸了个懒腰,美洲狮动了动,让她自己慢慢坐起来,看看四周。明亮的阳光从洞口涌入,女孩试着站起来面对那道光,却做不到。她摸了摸肩膀,发现背包还在。她依然穿着父亲给她做的鞋子。她转身面向洞壁,看着熊在睡梦中呼吸,宛如一个巨大的风箱。他的身体上下起伏,弯成一道弧线,像是一轮渐圆的新月。接着她又转向那只被洞外阳光定格了的美洲狮,又一次试着站起来,但脚下一软,只好再次坐下来抱住自己,以免抖个不停。然后她抬起头,看着美洲狮溜出了洞穴。

很长一段时间过后,她终于能站立和行走了。她来到洞穴前,找到在坑里生火所需的一切——火绒、引火柴和木头。它们被堆在石头上,已经晾干了。她喝光葫芦里剩下的水,解开背包,寻找燧石和铁片,用它们点燃火绒,然后有了火焰,引火柴开始燃烧。然后她从背包里拿出湿毯子和铺盖,摊开晾干。

到了下午,她仍坐在熊熊燃烧的火堆前,只在寻找柴火和收集泡茶用的松针时起身。喝茶时她用双手捧着随身携带的小锅,像是捧着一堆被封好的余烬,渴望在体内留住温暖。她瞥了一眼洞穴深处的熊，仿佛在等他醒来，告诉她这一切不过是另一个梦境的一部分，而她会从中醒来。可熊却依然熟睡着。

她在地上睡着了，火苗在烧焦的木柴尖端跳动起微小的舞蹈。就在这时，美洲狮回到洞穴，轻轻推醒女孩，然后又走回了外面。女孩动了动身子，站起来，跟随它步入灰蒙蒙的暮色中。

雪地上躺着一头鹿，目光呆滞，一动不动，角已折断，脖子上的皮毛被冻住的血液染成了黑色。美洲狮坐在一边舔舐爪子，女孩则研究着这只猎物。然后她跪下来，合上鹿的眼皮，拔出了刀。

她缓慢地工作着，尽量给予动物应有的关怀，处理兽皮时非常小心。当她完成时，天色已由浅变暗，一轮渐盈的月亮正从东边的树林里升起。她要等早上再给它去皮切块，现在则需要先从尸体里取出内脏。她用一根棍子撑开胸腔，把雪塞了进去。接着，她在地面铲雪，挖出一块侧面平坦的岩石，清理了上面的泥土，然后跪在鹿的面前。她把手伸进鹿的胸腔，摸到了中间的骨头，用石头敲打了起来，直到胸骨断开。她将石头楔入裂缝，把胸腔撬开，直到能让双手和刀子都伸进胸腔。这时她握住不知为何还很温热的鹿心，切断了固定它的肌肉和动脉，把它扯了出来。心脏太大了，她得用两只手捧着。

他把你教得很好，美洲狮用沙哑的声音缓慢说道。

女孩转过身注视着大猫。她很惊讶，并不是因为这只动物跟她说话，而是因为它知道她是从她父亲那里学会了这样做。

我的刀很锋利，你想来点什么？女孩问。

我已经吃饱了，大猫说。

在洞里，女孩将火生旺，在炭火边用石头垒了一个小炉子，把鹿心放了进去。她和美洲狮都没再说话。她静静地等着肉熟，在从未有过的饥饿感中吃了晚餐，在雪地里洗手洗脸，然后再次回到火堆旁坐下，直到靠着铺了被褥的石头入睡。

早上,美洲狮不见了。女孩存下了四分之一的鹿心,她把它和融雪一起吃下去,然后走到洞外看鹿的尸体。这下什么都不缺了。食物。毛皮。鹿筋,用来做弓弦和线。骨头,用来做缝纫针、箭头,还有小一点的鱼钩——要是她会做的话。她会在森林里找一棵中等大小的橡树,把它砍倒,做一把新弓。可能比不上她父亲做的,但也足够好了。她清空塞在鹿胸腔里的雪,剥皮,削肉,割下背部和四条腿上的筋。她把一半的肉用雪包好,储存在洞壁的一个巨大裂口中,剩下的放在一边用烟熏。她将鹿筋清理干净,放在火边烘干,然后转向鹿皮。

在一块大而光滑、倾斜的石头上,她用刀刮去鹿皮上的肉,清洗干净。完成后,又去寻找用来做晾晒架的树枝和木棍。她把枯枝的一头压入岩缝,另一头支起来靠住洞顶,搭成简陋的架子。接着她把鹿皮展平,用袋子里的绳索把它绑在架子上,打算一直挂到月圆之时。

当她走出洞穴时,美洲狮正站在洞口,身旁还有两只死掉的负鼠。女孩捏住它们的尾巴,开始一只接一只剥皮，去除内脏，把本就没多少的肉切成块。同样，她用刀刮掉毛皮上的肉，将毛皮放在火旁烘干。然后敲开负鼠的头骨，取出脑髓，用来加工生皮。

她在中午时忙完，割了一块鹿肉做成午餐。美洲狮又不见了，于是女孩封住火堆，出去寻找一棵能做副好弓的树。

临近黄昏时她回来了，只带了一根当柴火的干树枝。美洲狮再次立在洞穴旁。两只脸朝下的大海狸出现在女孩面前。她把它们提起来，想仔细瞧瞧，美洲狮用刺耳的声音说，先别管它们。坐下。在我不得不离开之前，有些事想要告诉你。

女孩在膝盖上折断树枝，走进洞穴，将最大的一截放进火堆。

这一次美洲狮没有进去，而是在洞口踱步，不时停下来抬头看着这座山，仿佛很警惕，又像在等待什么。然后它在昏暗的光线下静静地站着，告诉女孩冬天还未过去，又说虽然她知道怎么从这里回家，但她要是想回到那座孤山埋葬她的父亲，现在还不是时候。大猫给了她足够吃几个星期的食物，还给了她一些皮毛，可以在打猎时用来御寒，如果她能靠自己的本事加工生皮的话。其余吃的和用的都在周围的森林里，森林在冬天并未死去，只不过有了些变化。

看看那头熊，美洲狮对女孩说。他一直在沉睡，但在梦里他却像醒着时那样游荡，沿着曾经熟悉的林间小路往回走——那些都是他与你一同走过的路——告诉你许多像你这样的人从未知晓或无心知晓的事。如今你和他紧密相连，就像你和你随身带着的骨头一样。要是你一睡不醒，这洞穴就会成为你的坟墓。等熊再度出发，他将想起某个秋天他曾和一个身负悲伤的人结伴旅行过一段时间。可要是你能醒来，踏上回家的旅程，熊和他的后代就会把最后一个人回到孤山的故事流传下去，传到森林里。只要太阳底下还有森林，森林就会一直记得这个故事。

直到美洲狮说完，女孩也没有抬头。她的眼睛仍盯着火堆。天空变得阴云密布，火堆冒出的烟不再笔直上飘,而是在火坑和地面之间摇曳。这预示着会有更多的雪。她伸手解开背包肩带,站起来,提着它走到靠里面的洞壁,把它放在了沉睡的熊旁边的地上。

当她转过身来,再次面向洞口和火堆时,她看见美洲狮从光亮中悄然没入了黑暗。

第二天早上风雪交加,女孩一直困在洞穴里,蜷缩在火堆旁。早餐她喝了杯淡黄樟茶,吃了些鹿肉,然后在洞壁上标记出日历。从她最初在河边认出冬至那天开始计算,后来又添了五天,其中三天她在睡觉,另两天她醒着,跟美洲狮在一起。她在石地上走来走去,听着熊缓慢而低沉的呼吸声,想起美洲狮说的那番话,大意是她和熊紧密相连。可她觉得除了回家的渴望之外,什么都和她没有关系。支撑她活下去的动力便是这种渴望,且只是这种渴望。她把海狸皮加工好,去肉,晒干,然后拿起负鼠皮,浸在脑髓里清洗皮面,将它们拧干、展平,用新鲜砍伐的木材生火、烟熏,这样它们在最后一次晒干时就会变得柔软。

没有好的雪鞋,她在森林里哪儿也去不了,而制作雪鞋所需的松枝和铁杉枝离洞穴都不远。临近中午时,暴风雪停了一阵,于是她艰难地步入外面齐膝深的积雪,一路下山来到林木线。她爬上视野范围里的第一棵五针松,从树干上折下四根枝条,立在雪地里。接下来她又费了很大力气继续往山下走,来到一片铁杉林前,砍下许多粗枝,能拿多少就拿多少。再拖着树枝和树梢穿越积雪,回到洞穴开始工作。

她找来一块被火烤裂的石头,用锯齿状的边缘将那些枝条切得与胸齐高,拿刀在一侧将一端削平,在另一侧挖出凹口。靠着鹿的腿筋,她把四根小一些的木棍交叉绑在枝条中间作为脚托,接着把枝条两头一起掰弯,直到它们在削平的一端相触碰,然后把它们也绑起来。等完工时,她已做好了两只鱼形雪鞋,有她身高的一半长。她拿来铁杉粗枝,把它们从雪鞋背部穿过,经过脚托之下,从前面穿出来,让它们在松木框架内紧紧贴在一起。她把雪鞋放在地上,站了上去,知道它们能承受住她的重量。

暴风雪刮了五天,这期间她靠鹿肉和树皮为生。她拿出保存在雪里的那一半肉,挂在为兽皮做的晾干架上熏,又把青枫树苗削成碎片,用她曾见父亲用过的冷熏法熏制鹿肉。整个过程花了一天一夜,她很好奇自己用来熏兽皮和鹿肉的烟会不会唤醒熊,可他依然沉睡着。

第六天早上,她在阳光和严寒中醒来。她用最后一点木柴将火生旺,嚼了块鹿肉当早餐,然后把雪鞋绑在脚上,走到外面。

森林化身为一片寂静的天地。厚厚的雪掩埋了除树木外的一切。在她看来,这里很像某些季节里父亲小屋外的世界。那时雪也会连下好几天,他们会等暴风雪停息,然后将火生旺,穿上木头和兽皮做的雪鞋走到屋外。没有风吹过。除了女孩,没有任何活物的声息。她跺了跺脚,确认雪鞋有没有绑好,确认它们能否承受她的体重,听着沉重的脚步声在寒冷的山间回响,然后慢慢穿过这片新的土地。

她想起美洲狮,想起它不断转身抬头望山,一边来回踱步，跟她说话。她从没爬上过这座山，只借着去森林觅食的机会往下走过。山上有些什么，她想一探究竟。

上山的路比她想象的还要陡，但雪鞋很结实，让她能快速穿过覆盖着厚厚积雪的地面。她需要更保暖的衣服。她裹着的毯子，穿着的旧鹿皮还不够暖。她现在才明白美洲狮为什么要给她弄来负鼠和海狸的皮。等晚上回到洞穴，她要把那些兽皮缝成帽子和手套。要是能捕到足够多的穴兔和野兔，她还要把兔毛缝在身上的鹿皮衬衫里，这样一定能暖和得久一点。冬日漫漫，很多比现在更冷的日子就在眼前。

没走多远，上山的小道就变得太过陡峭，她只好脱下雪鞋。她想往回走，但她知道不下雪或天不冷的时候不多，登顶的机会难得，而看清周围地形能帮她辨认狩猎所需的地标。她把雪鞋留在一个暴露的岩架上，继续前行，手脚并用往上爬。路越来越难走，她来到一个陡峭的岩壁，上面的雪都被吹走了，中间裂成两半，形成一道洞开的缝隙，直通山顶。她走了进去，背靠缝隙一侧，脚抵着另一侧。她一点一点向上挪动,双手和背部贴着冰冷的岩石表面,侧身慢慢移向缝隙上方。到达山顶时,她向前猛扑,抓住岩石边缘,将自己拉上了积雪覆盖的峰顶。

她向远方望去,眼前的景象与她称之为家的那座山上的所见十分相似,要不是因为有雪,她甚至以为自己正站在父亲第一次带她去母亲坟墓那天站过的地方。然而,这里不是孤山。没有形状像熊头的山顶。远处没有湖。没有房顶和从房顶袅袅升起的炊烟。没有石头做的碑。

不同的是下面的风景。往南望去,她可以清楚地看到冰雪覆盖的河道穿越森林,蜿蜒了很长的距离。她可以看到自己和熊走过的那条小路和河道相交的地方,可以看到林子旁的洪泛区和那里开阔的河段,而她试图渡河的所有痕迹都已被抹去、冻结了。她将在这里过冬。她将在这里活下去或死掉,在森林中四处寻找食物,在洞穴中睡觉。

我需要一把弓,她大声说道。然后侧身穿过那道狭窄的石缝往回走,下了山。

回到洞穴后,她将火生旺,用石头又做了个炉子,把最后一块生鹿肉放进去,用炭火围住。她把雪放在杯中融化,加热杯子,然后往里面放了一把松针用来泡茶。

她吃了一半鹿肉,把剩下的用树叶包起来,放进随身携带的袋子里。然后她转向洞穴深处说,我打算下山去找一棵能用来做把弓的树。

她拿起了装水的葫芦、刀和一块被火烤裂的石头,那是她打算当锯子用的。

我忙完就回来,她说完便离开了洞穴。

森林里只能听见她穿雪鞋下山时发出的沙沙声。她几乎是有节奏地快步走到林木线,步入铁杉和松树的树荫,然后继续往下,进入白桦树和较高阔叶树的树丛。她在这片土地上待过不少时间了,清楚她要找的树不会在树丛中。那棵树得跟她一样高,因此应该靠近那些成熟的树,但会和它们保持足够距离,以免它们的影子影响它生长。

她开始掉头上山,以开放式的环形路线绕行,走过了她和熊离开河边走小路时未曾涉足的地方。走到第四圈,也是最大一圈时,她看到一棵白桦树被大雪压弯,折断了。她停下来坐在上面,就像坐在长凳上那样,听着远处森林里那些老树嘎吱的呻吟声。它们在严寒中以几乎察觉不到的方式微微倾斜,干瘪的树皮和长长的树枝似乎也舒展开来,怀着渴望,慢慢、慢慢地等待春天到来。

她记得熊曾说,要花上一整个朔望月才能听到树说话,她很好奇这到底是夸张还是真的。要是他没说错,那她到时可能会冻死、饿死,或死于饥寒交迫。如今她戴着皮帽和皮手套,踩在铁杉枝上的脚干爽又温暖。我会一直等下去,她想着,盯视森林里的荒凉景色。她想知道——小时候,她就想知道要是熊能和她说话,它会说些什么——要是她能学会倾听或理解,冬天的树木又会告诉她些什么。

就算她不在那里,这一切照样会发生。要知道在冬天的山地,风向一直在变——风曾经吹着一片易碎的山毛榉枯叶经过她眼前的路,可后来又转向另一个方向,叶子也翻滚着越飞越远了。她从木头上站起来,任由风把自己推向森林深处,远离她原先的环形路线。

她的父亲曾教她以十步为单位测量距离,她估计自己走了一百步才站到那棵橡树旁。它很瘦,只比她高一点,但长得笔直,看起来很强壮。她绕它走了一圈,检查树皮,然后环视周围的树丛。她之前关于树要在属于自己的光线下生长的想法是错的。附近有几棵更大的橡树。这棵树似乎并未受它们的影子影响,反倒是受了保护。她走回树旁,像握住一把弓那样握住它。她的手指正好可以将树干环住。这些木材足够做一把弓,但也没有多到余下的冬天都要用来刨木头的地步。边材还没成熟,得每天加工,然后放在火边,直到它成为她可以使用的弓。

她松开手指,轻轻握住那棵树,就像父亲曾经握住她的手那样。她想起了熊,还有他跟她讲过的河边森林的事。她还记得有一天,父亲在柴房里给她看山核桃树做的木棍,之前他在森林里发现并砍倒了那棵树,那时她五岁。他当时说,我在等你做好准备。

她跪下清理树底的积雪，摘下手套，用裸露的手触摸细细的树干。

我只希望这不是我们俩的最后一个冬天，她说。

然后她用带来的石头贴着地面砍倒橡树，削掉树枝，带着它走回那棵被压弯的白桦树旁。她尽可能多地从树上找来一些适合做箭头的主枝，接着便转头上山了。

在洞穴里，她剥去橡树皮，把木棍放在离火堆有一段距离的地方。接着她拿起从鹿身上取下并晒干的背筋，开始用梳子分离、梳理纤维，把它们编织成细绳，捻在一起。每次捻到绳子的末端，便再加入一些背筋，直到绳索与木棍等长，然后把绳索的末端绑成一个环。

她在傍晚时分收工，嚼了一块熏制的负鼠肉作为晚餐，泡了杯茶，然后往火里添了些柴，借着月光下山走去林木线。她拿冬青叶子当诱饵，在另一片铁杉树下布好陷阱，希望兔子在黎明时分前来觅食。

早上，她发现绊网上挂着一只白靴兔。她将它杀掉，放血，去掉内脏，在雪地里剥了皮。回到洞穴后，她准备好要烘干的毛皮，用一根烤肉扦串好兔肉，在木炭上慢慢烹制。那天余下的时间里，她都在做弓。

木头很嫩，也很结实。她费了很大力气才用刀刨去多余的木料，在弓的内侧刻出一道平坦、均匀的弧线。她本可以把两端削尖，挖好凹口，做出快速、笔直的箭。但她并不着急，而是反复检查、打磨。夜晚时她用石块把弓固定住，放在火旁，为它增加额外的曲度和拉力。原本一天能做完的工作花了三天。

完成后，她给弓上了鹿筋做的弦，在一棵树的枝丫上训弓。它比预想中更匀称，拉力也足够大，配上一支好箭，可以射得又快又准。她回到洞穴，用一块圆石将侧边和把手打磨平整，然后把弓靠在墙上。

她切削、修剪白桦树主枝，做了两支箭，在搭弦的一端挖出箭扣，在尖端绑上鹿骨箭头。她缺的是羽毛。父亲曾告诉她，要是找不到羽毛，松针也很合适。于是她走到外面，从一棵五针松上摘了些松针，折断一根树枝取树液，用细鹿筋将松针扎在每支箭杆的上端，用加热过的树液当胶水。做好后，她一手拿着一支箭，用手指托住箭身中点，看能否保持平衡。然后她仔细检查箭杆是否笔直。接下来她只用做一件事，那就是接近自己想要的猎物。

天没亮她就起了床，穿雪鞋下山，回到砍倒用来做弓的那棵年幼橡树的所在之处。她坐在桦树丛中，一支箭已经搭上了弦，另一支箭放在地上，随时都能取来用。

黎明时分，一头欢快的小母鹿穿过雪地步入树丛，啃咬着一棵枫树的低矮树枝，即便树枝上几乎没有什么能吃的东西。女孩又累又饿，但她稳稳举着弓，把弓拉开，瞄准鹿前腿上方的心脏，放出了箭。

听见风呼啸而过的声音，母鹿抬头看了看，继而又转回枫树嫩枝。女孩将另一支箭搭上弦，拉开弓，却还是没射中。她从隐蔽点站起来，母鹿回过身，嗅了嗅空气，跳跃着消失在密林更深处。

山上的日子越来越冷，没有一个晚上不下雪。每次冒险外出时，女孩都觉得森林里的居民在不断减少。那些矮小的树木，甚至几天前还被她当作地标的石堆，都逐渐消失在了深深的积雪之下。

她收集了能找到的所有白桦树枝，把它们做成箭，直到她拥有了一个装有六支箭的箭筒，其中包括她射向母鹿又找回的那两支。每天早晨，她离开洞穴寻找猎物。每天晚上，她空手而归，陪伴她的只有饥饿。踩雪鞋上山下山很吃力，这耗尽了她的体力，她要靠吃树叶、树皮，喝自己泡的松针茶来让身体不要彻底垮掉。她无法靠近鹿、松鼠甚至野兔，射出的箭要么偏得太远，要么埋入雪中。那些本可以用来布置陷阱的诱饵，她都当食物吃掉了。冬天慢慢过去，她每天看到的猎物越来越少，动物们变得愈发警惕、稀有，最后她连一只猎物都看不到了。

她在饥饿中醒来。火堆现在只剩下灰烬和余炭。她慢慢起身，拿起弓和箭筒，穿上雪鞋。在洞口，她吃了夜里降下的新雪，往山下走，只对寒冷保持警觉。她漫游于曾经设下陷阱、如今却空空如也的树丛，后来又走到石块旁，她曾藏在它们后面，等待再也没来过的鹿。

从早上到中午，她走在山里，感觉带她下山的不是腿和脚，而是山的坡度和风。她一边弓着身子蹒跚前行，一边与父亲交谈，向他保证她没走太远，不至于回不去。不管多冷多饿，她都会坚持下去，决不食言。她让他和熊一起等着。她得休息一下，这样才有力气找到吃的，回到他身边。

只要喝点水就行了，她想，然后坐下舔了一把雪，雪含在嘴里就化了。尽管天还亮着，但太阳已从山顶落下，而她也在山里走了很远。睡吧，再多睡一会儿，她对自己说。她轻轻地让身体躺在一块石头后面的深厚积雪中，石头周围长着一些高大的山核桃树。她闭上眼，倾听寂静之声。

山核桃树枝上一小团雪随风飘落，落在她的脸上，她坐起来，向石头上方看去。天色已近黄昏。她的衣服湿透了，冷到全身疼痛。她抬头望向山坡，想知道自己走了多远，就在这时她看到上风处有一只干瘦的野兔，正在啃一根落在雪地上的断枝。野兔忽隐忽现，女孩迎着昏暗的光线眯起眼睛，却一动不动。接着她从箭筒里抽出一支箭，搭弦、拉弓、放箭，一气呵成。箭乘着松针做的箭羽飞了出去，掠过树枝，射中野兔的脖子，将它击翻在地。失去知觉的野兔倒在血泊中，血越流越多。女孩踉跄着向它跑去，把它从雪地上一把抓起，透过跳蚤和皮毛吸吮它脖子上的伤口。野兔死命踢着女孩的手腕，做最后的挣扎，但她紧紧抓住它，用力扭，想要了它的命。等到它的脖子折断，她还在继续吸食它的生命，直到它彻底消逝。然后她拖着野兔的耳朵，肩上扛着弓，脚上穿着雪鞋，飞快地跑回了山上的洞穴。

她双手颤抖着把一层薄薄的桦树皮铺在火坑中最后的余烬上，吹起气来，直到冒烟起火。她又往火堆里扔了些搜来的树皮、松树枝和干雪松枝，让火燃旺了些。随后她拿起刀，坐在原地剥兔皮，去内脏。兔子的血和她的混在了一起，她的血来自手腕上的抓痕，还有用刀时不小心在手掌上留下的一道伤口。她把皮丢到一旁，用一根木棍穿过兔子的尸体，放在火上翻转，看着肉变黑冒烟，烧焦的肉味弥漫在洞穴里，便再也看不下去了。她把肉从火里取出来，从骨头上撕下一些，整个吞了下去，然后捂住了肚子。开始是干呕，后来吐到无法呼吸也依然停不下来，还被血和没熟的肉呛得倒抽气。她手脚并用跪在地上，缩成一团，周围全是吐出来的脏东西。她喘着粗气，直到呼吸平稳，然后又开始哭泣。因为疲惫，孤独。而且此刻她害怕一切，甚至是睡觉。

她站在孤山上凝望着。那天正值晚春，山下的树木一片青翠，她的头顶有一只鹰在绕大圈盘旋。她能看到远处有一座小房子，接着就站在了屋里，父亲却不在其中。她四处走动，发现壁炉很冷，角落有蜘蛛网，地板上有老鼠屎。然后冬天到了，雪花飘落在窗户上，屋里依然空空荡荡。她推开门准备离开，结果从房子走进了洞穴。一头熊坐在火堆旁。他抓着一条鱼，伸出爪子递给了她。

把这个烤了，他说。于是她把鱼放上火堆。鱼一瞬间就烤好了，女孩却无法伸出胳膊拿来吃。

我知道你饿了，梦中之熊说，但你需要保有渴望的不仅是食物，也不仅是睡眠。我们都会睡去，而且会沉睡很久。当你醒着的时候，你得对自己要去完成的事情充满渴望。

如果不能吃东西，我就活不下去了，女孩说。

你太早靠近河边了。

她低头看着鱼。

我可以现在过河。

独自过河不能使你得救。

但我只有自己。

女孩转向洞穴深处,看见熊依然蜷在墙边睡着。

你不是他,对吧?她对梦中之熊说。

你知道我是谁。

她醒来,爬到外面,发现已经到了早上。她用雪清洗自己,又吃了一把来解渴,然后捧了一些到洞穴里,扔在地上——她曾躺在那里,周围全是吐出来的东西。接着她从火坑的灰烬中捡起串在烤肉扦上、吃了一半的野兔肉,又生了一堆火。火的温度足以融化地上的雪,雪水散发出胆汁的气味,渗入石头地面的裂缝中。

她走到洞穴深处,从背包里拿出父亲曾带着的罐子,将剩下的盐倒进去,又从烤肉扦上取下兔肉,也放了进去,接着走到外面,用雪填满罐子并把它留在洞口。穿好雪鞋,她下山走到林木线,从一棵五针松上刮下两把树皮。拿着这些树皮和从松树上折断的一根干树枝,她回到洞穴里,把树皮放入罐子,和兔肉放在一起,又往火里添了些碎树枝。

她休息、喝水，同时在罐子里煮着少得可怜的肉。等树皮变软，兔肉和骨头分离，她便从火堆上取下罐子，放在雪里冷却，然后尽力吃下晚餐，可吃饱后却仍然感到虚弱。她知道，现在唯一的出路就是回到河上破冰钓鱼。要是她能靠喝融雪、吃苔藓和树皮到达河边，就有机会在那里弄到更多吃的。幸运的话，还能捕到鱼。

时间已近中午。不论是走在山里还是待在洞穴，饥饿总会再度袭来。于是她拿起弓和箭筒，系好背包，踩着雪鞋再次下了山。

第一天晚上，她用身上带着的木炭生了火，加热剩下的树皮和炖肉。第二天早晨，她将火堆里的木炭包裹起来，继续赶路。

她在第三天傍晚前来到河边，看到她曾经想要穿越的地方，美洲狮拽着她爬上的河岸，以及她躺过的草地。如今地上覆盖着雪，草丛中探出长长的一枝黄，上面点缀着虫瘿，她想起父亲曾告诉她虫瘿到了冬天是什么样子。她走到平原上，从花茎上摘下虫瘿，坐下来用刀切开。每个虫瘿里都有一条小小的白色幼虫。她佐着一把雪吃掉六条，随后拿起一个她用美洲狮带给她的鹿骨做成的小钩，把三条幼虫挂在上面，系在钓线上。

女孩知道冰雪之下一定有石头，于是动手开挖，想选出能拿来当凿子用的长条花岗岩。她找到了两块长短不一的好石头，还有一块适合拿在手里当锤子用的圆石。

她现在可以走过河去了，但她只迈出了七大步，把钓线和鱼饵放在雪上，再清出一块冰面，刻出一个圆圈，之后用石头凿击。冰有几个手掌厚，她凿了很长时间，水才开始从凿出的洞里涌出来。她把凿子放下，以免下次敲击时落入水里，然后拿起另一块更长的石头，终于完全破开了冰面。她将洞口的冰块清除干净，直到能看到下面的河水。

她拿起钓线，把鱼钩丢进洞里，透过冰面在水中上下拉动幼虫做的鱼饵。很快，她感觉到一阵拉力，结果拽起了一条小白鲑。钩上仍有鱼饵，于是她重复了几次,直到又钓到三条白鲑,幼虫也用完了。接着她用鱼钩穿过其中一条白鲑的下唇和上唇,将其当作诱饵放入水中,让钓线顺流而下,小鱼看起来则像是在往上游。她控制着钓线,让它漂入冰下更深的水流中,当鳟鱼上钩时,她知道那一定会是个大家伙。

三条白鲑都帮她钓到了鱼。河边平原上有很多冬季灌木和连根拔起的枯树,当天晚上,她用它们生火,烤了两条鳟鱼。她把鱼吃得干干净净,只剩下骨头。她守着火堆,让它一直燃到晚上,裹好兽皮和毯子,在星空下沉沉入睡了。

早上,她从虫瘿里收获了更多的瘿蚊幼虫,并在太阳还没有从东边的树林升起前钓到了四条鳟鱼。站在结冰的河上,她能看见冷空气正从北边袭来,不知道自己是该回洞穴里避一避,还是该去河边的树林里躲一躲。河边有食物,于是她知道自己会待在那里。

她带着捕到的鱼走回火堆旁,将其中一条掏空内脏,放在嫩枝上烤。这时,她抬头看见森林和平原边缘有一只鹰栖息在低矮的橡树枯枝上。那是一只美丽的鸟。头尾两端的羽毛呈柔和的象牙色，与灰黑的翅膀对比鲜明，钩状的喙和狭长的爪是黄色的，和云层中升起的太阳一样。整只鸟看起来好像也是从一片贫瘠的地平线上跃起，而后一直保持着研究和狩猎的姿态。女孩把鳟鱼放在火上，走向那只鸟。鹰挪动了一下，竖起翅膀，她可以看到它的爪子里抓着什么东西。接着它探出头，振动翅膀，从枝头飞到女孩面前，把爪中抓着的一只鹅扔在雪地上，然后又绕着小圈飞回了树上。

女孩捡起了鹅。它刚死不久，长长的脖子折断后歪向一边，头垂下来，嘴周围的血已经冻结。她抬头看鹰，挥手示意它过来。鸟再次落在橡树枝上，径直飞向女孩。她挑了一条钓到的最大的鳟鱼，全力抛向天空。没等鱼开始往下落，鹰就俯冲而下，用爪子擒住它，然后沿直线飞过河流，飞到对岸，消失在了西边的森林中。

到了晚上，寒流已经过去，只留下一层薄薄的雪。女孩用松树和铁杉树枝简单地搭了个棚子，拔下鹅的羽毛放在火上烤。她是用干的一枝黄生的火,还往火里添了些路上收集来的山毛榉和橡树枯枝,好让它整夜保持燃烧。

第二天回到洞穴,她取出鳟鱼的内脏,把它们放在烟熏架上,又一次在地上的冷坑里生起火来。等洞里暖和起来,她从箭筒里抽出那六支箭,剥去箭羽上的松针,刮净箭杆上的树液。她用刀在箭杆上端切出几道装鹅毛的凹槽,然后劈开羽毛,把它们绑在了箭上。她仔细检查鹿骨做的箭头,用她在海滩上做的玻璃箭头替换了其中两个,那些碎玻璃是父亲从墙边的泥土里挖出来的。接着她把所有箭都放在火堆旁的地上晾干。

傍晚,她已用尽了所有力气,但不再感受到长久以来的那种饥饿。鹅肉和熏制的鳟鱼一个月相也吃不完,一种完全不同的对狩猎的渴望伴随着她日渐增强的力量升腾起来。她知道,只要能追踪到外面的猎物,并在射程范围内接近它们,她的箭就能派上用场。她望向火堆对面,看见父亲坐在地上注视着火焰和烟雾。她闭上眼,再睁开,他就不见了。

●

　　当身着兽皮的女孩拿着弓箭走出洞穴时，曙光把清晨的雪地映成粉红色，又在太阳从天边升起前悄然消失了。父亲曾告诉她，动物都受习性驱使，人类也不例外。不同的是，她能选择改变自己的习性。动物在害怕时才会做出改变。他说，得选好做出改变的时机，要么在恐惧抓住机会战胜你之前，要么在你克服恐惧，等它像暴风雪那样过去之后。于是，那天早上她既没上山，也没下山，而是沿着山脊走，绕着它转，像是要在山的中间打个结。

　　天色越来越亮，太阳越升越高，这时女孩来到了此前从未见过的森林里。那里树木更为茂密，岩层更为陡峭，上面几乎没有植被，一层轻柔的、粉末状的新雪薄薄地覆盖在原有的积雪上。她踏着穿习惯了的雪鞋在一条自然形成的小路上疾行,先是爬坡来到一块岩架,走了一小会儿,又来到一处视野开阔的地方,在那里可以俯瞰下方森林的树梢。

太阳已在天空高高升起,她站在岩架上,蹲下来仔细看斜坡,然后把手放在地上,感受岩石的边缘。冻住了。她用刀柄敲了敲,冰很快裂开了,露出了下面的水和苔藓。她趴在地上,能看到一堵冰墙从岩架延伸到地面。她知道这本是一条发源于山顶泉水池的小溪,渗入地下后沿山坡流下,最终在冬天形成冰壁。她凿开冰面,用刀刃尽量剥掉上面的苔藓,放进袋子里,然后起身爬下山脊,整个人像是被雪托起来了一样。

起身时她看到了。远处是一片茂密的阔叶林,生长在肥沃的土地上,土壤是从山坡上慢慢冲刷下来的,时间之久远,或许只有树木记得。那片树林里会有动物们避风的地方,也会有食物——比如橡子、山毛榉坚果、山核桃和翅果——即便是在如此寒冷的冬天,这样的庇护所也会把动物吸引来。

朝那片树林走去时她绕了很长一段路,以免惊动可能在觅食的动物。树林里一片寂静。她在一小丛山毛榉旁坐下,把弓放在地上。饿了吃苔藓,渴了便饮雪,她在那里没有移动,待了一整天。太阳在山顶后面消失时,她仍在树林里。晚上也还在同一个地方。

她在黑暗中醒来,透过光秃秃的树枝望向上方。狮子座在高高的东方天空中追随着大熊座。快到早晨了。她把手伸进袋子,拿了些苔藓就着雪吃掉,然后慢慢起身,把额头贴在山毛榉光滑的银白色树皮上。

光线逐渐从灰色变为树木的银白,她觉得自己仿佛能感觉到大地在旋转。此时她身体里什么也没有。没有饥饿,没有睡意,没有渴望,也没有寒冷。她明白了美洲狮说的话。于是拿起弓,搭上箭,用耳朵寻找她知道即将上山与她相会的雄鹿。

冬日漫无止境，大雪与严寒如同永不停歇的溪流，一心想将森林彻底吞没在霜冻之中。女孩没有被吓倒。她将鹿皮和兔皮鞣制成革，缝了一双新鞋，再用海狸尾巴做鞋底。其余的毛皮也已加工过，被她缝进了初次进入这片森林时穿过的鹿皮衬衫里。于是现在她看起来就像某种穿着破烂衣服、不属于这个世界的动物，背上背着一筒箭，肩上挎着一把橡木弓，步履艰难地走在这片土地上。

食物耗尽时她就去狩猎。每一次她都会穿过树林，到一个以前从未狩猎过的地方。她坐在那里倾听森林的声音，等着看哪只动物会出现。箭头锋利，弓身有力，她瞄得也很准。出于感激，她留下嫩枝、成堆的苔藓和冬青浆果。要是猎到一头大鹿，她会在山顶那道窄缝里留一部分肉给其他食肉动物,而那些肉总是到早上就没了。

当暴风雪来临,她便蜷缩在洞穴里围着火堆取暖,她知道其他所有动物也都聚在某处寻求温暖。这样的日子里,她用木炭在洞壁上标记和计算月相,或者记下天空中可见的星座,一直到春分为止,那时大地上的光明将与黑暗等长。每晚睡前,她都会在火光下和父亲交谈,告诉他自己今天做了什么,明天打算做什么,并且希望能在夏至时回家,她一直都是这么想的。

随着时间的推移,她感到冬天渐渐显出了疲态,这是必然的。白昼变长了。太阳在空中越升越高。夜晚不再寒冷。有天早晨,当女孩爬上山顶,她注意到河里的冰已经裂开了。即使从这么远的地方,她也能看到成堆的冰块挤作一团,堆积在两岸,水从中间流过,就像金属浆一般。

我们还是得翻过高山,她大声说完,然后回到了洞穴里。

一直等到第二天清晨,她才重新沿着同一条森林小径向河边进发。但这一次她已经更快也更强壮了。两个月前花三天走完的路,这次只用了一整天。她已经熟悉了这条路,尽管雪依旧很深,但每走一步她都能感觉心跳在加快,就像她年幼时那样,并且知道冬天即将被春天取代。黄昏时,她来到了河岸。

她拿着弓,用鹿筋能拧出的最细最长的绳索来增加绑在箭上的钓线长度。靠近水面时,她看到冰块上升,滑去了别的冰块底下。整条河里的冰一直在动来动去,即使她能靠得足够近,踩着石头向水深处射击,箭也会碰到冰块,在射中水下游动的鱼之前就被折断。于是她吃掉随身带着的烟熏鹿肉,睡在森林边上临时搭建的棚屋里。第二天,她走回了洞穴。

当她在洞穴外凝视晚星时,巨蟹座在头顶,双子座在西边,狮子座正在升起。早上,她开始听到鸟鸣,在岩架上雪消融的地方,扭曲的雪松周围冒出嫩草,野花也绽开了。昼夜等长。春天来到了森林。

她度过了一个月相,然后回到山顶看河。河水是均匀的蓝色,边缘有白色和绿色的阴影,一片片高高的草丛跨越平原,延伸到林子里。那天晚上,她准备好出门几天所需的东西便入睡了。

第二天很暖和,她没穿雪鞋,路上大多数时候都健步如飞。当她到达河边时,太阳依然高挂在天空,光线是斜射的,却很强烈——这已经是她第四次站在河岸上了。她仔细扫视湍急的水面,寻找石块或者水深的地方。在下游这些低洼之处,鱼可以一边休息一边等待经过的食物。她蹚入水中,能感受水流的强大阻力。她又迈出一步,水已经没到膝盖,水流太猛,她不得不向上游方向倾斜身体,以免被冲倒。这和她记忆中冬天的时候一样冰冷,若是再走一步,可能又会被卷走。

往上游看去时,她能看到水面在某个潜藏之物的周围变得平滑、缓慢了。她朝那个方向逆流而上,看到水下有一块巨大的圆石。她以手遮眼,挡住落日的余晖,透过翻腾的河水,可以看到悬停在水流中的鳟鱼缓慢摆动的尾巴。她把系在钓线上的鹿骨箭搭在弓上，瞄准她瞥见鱼尾处的下方，射了出去。

她感觉那条鱼在猛地拉扯钓线，然后又回到了水下。她把它拽了出来，快步走到岸边。这是一条漂亮的鳟鱼，几乎和她在海里捕到的条纹鱼一样大。她小心地将箭头拔出，让鱼在岸边的草地上扑腾，然后蹚水回到刚刚的位置，再次搭上箭，等待着。

她不确定其他鳟鱼有没有被吓到。第一条鱼在被她击中后很快游向了下游。要是下游的觅食区跟她设想的一样，其他鱼也会在那里。天色渐渐暗了下去。就在阳光照到西边山脉的尖顶时，她瞄准同样的位置放出了箭。箭停在水中，就像射中了一块木头。

那条鱼先是逆流而上，后来又泄了气，翻滚着跌回她身边。这条鳟鱼比第一条大。女孩踉跄着从水里走到岸上，浑身都湿透了，膝盖和腿冻得生疼。她抱起自己的捕获物走向森林边缘。棚屋还在，她还有足够的木炭生火。

第二天早上，她把第二条鱼用雪埋起来，再次去河边捕鱼。她重复了之前所做的一切，结果一无所获。鱼已经游去了别处。她下水后冒险多走了一步，发现河底有一块跟先前那块圆石很像的石头，旁边还有另外一块。水流过两块石头中间时太过湍急，另外那块石头后面却相对平静。这次的射程更远，但她不得不去尝试。她知道自己没有别的办法，于是拉开弓，放了一箭。

这一次，鱼冲向河中央，拉走了她绑在弓上的所有钓线。她又往前走了几步，让水没到胸口，可以感觉到鱼正在试图挣脱箭头。水使劲推着她，她努力保持平衡。就在鱼放弃挣扎的时候，她却滑倒了，被河水迅速带向了下游。她将弓的一端插入水中，把自己往岸边推，然后用尽全力朝岸上游去。游着游着，她感觉到脚下有了石头和草，最终将自己和鱼一起拽上了岸。

最终,女孩带着五条鱼离开了河边。当天晚上她回到洞穴,烤了一条鱼当晚餐,然后就去睡觉了。第二天早上,她用草莓叶泡了一杯茶,头都没回地对洞穴深处的熊说,那里可真适合钓鱼。不过你肯定早就知道了。

这时,她听到某种像是呵欠或低吼的声音从洞穴角落传来。她转过身,看到熊坐直了身子,晃着头,仿佛不知自己身在何处。然后他摇摇晃晃站了起来,开始朝光亮的地方走去。

女孩起身让开了路。当熊走出洞穴,在岩壁旁停下时,只见岩壁上融化的雪像小溪一样流淌下来。他站在那里舔雪水喝,然后走去森林,开始吞食从融化的雪中冒出来的植物嫩芽。熊没冒险走太远,找到什么就吃什么，然后缓步回到洞里，再次躺下。

接下来的两天，熊又像这样外出了三次，每次都在外面花更长的时间吃东西和喝水。第三天早上，他认出了女孩，坐到她身旁的火堆边。

吃吧，她说，递给他一条鱼。

女孩看着熊把鱼吃得只剩骨头，然后转身问她，还有吗？

她走到外面，去到她把从河里捕到的鱼用雪埋起来的地方，挖出一条给了熊。他像之前那样贪婪地吃着，吃完把鱼骨扔在地上，舔了舔爪子，然后和女孩一起安静地坐在火堆旁。

冬天挺长的吧？熊终于问道。

又冷又黑。你知道的，女孩说。冬天嘛。

我不知道，熊说。但是冬天越冷，我就睡得越久，也越难醒过来。不过我做了个梦，而且梦里有你。

给我讲讲，女孩说。

梦里我们围坐在火堆旁，跟这个火堆很像，聊到了睡觉。我担心等我醒来,会发现你长睡不醒,只好把你埋了。

我在这里呢,女孩说。

我也一样,熊说。对了,要是外面的冰里还有你冻着的鱼,再让我吃一条,我肯定能更好地陪着你。

女孩站了起来。

我还有,不止一条,她说。但河里到处都是鱼。等你恢复体力,我会带你去那里。

四天后,熊和女孩沿着秋天时他们一起跋涉过的同一条路爬下山坡,女孩给熊讲了她在他睡觉时的冒险经历。她告诉他美洲狮的故事,那时她试图踩着薄冰过河,差点淹死,而那只大猫救了她。她告诉他那只大猫给了她可以吃的猎物。还告诉熊她做了弓和雪鞋,可即便如此还是找不到能够狩猎的动物,所以确信自己会饿死。之后她梦见一头熊,熊给了她一条鱼,于是她醒来后去河边,在冰上破洞钓鱼。就在那时,一只鹰给她带来一只鹅,她用鹅毛做了更好的箭,重新开始狩猎。她先是对着森林和动物们说话,告诉它们自己对所得之物的感激，而且她很清楚，要是没有它们给予的东西，不论她制造出什么，都不可能熬过冬天。

他们一直走到与河岸平原相邻的森林——熊不得不请女孩放缓速度，以便能赶上她，因为她简直是在跳步前行，而熊还没有彻底从冬眠中醒来。随后他们在一片松树林里停下来过夜。如今周围到处是可供女孩和熊食用的嫩苗和叶芽。熊甚至还发现了一根腐烂的原木，解冻后柔软多汁的边材里有许多蚂蚁和幼虫，这些都成了他们美味的晚餐。

当夜幕降临、星星出现时，熊蜷缩起来，靠在一棵老五针松的树干上，女孩则在他旁边把松针堆在一起当床睡。她在那里躺了很久，闻着泥土的清香，还有熊皮毛的气味。在这里，她看着处女座和猎人似的射手座划过天空，感觉就像在家里一样自在。她几乎整夜都醒着，倾听反舌鸟的歌声和猫头鹰的鸣叫，直到黎明时分才渐渐入睡，梦境也并没有随之而来。

第二天，等到太阳高照之时，熊将女孩摇醒，说，是时候去捕鱼了。

他们离河不远。走出树林时可以看到西边的森林和小山，再走近一些，就听到湍急的水流声。

每天醒来，熊似乎都要比之前更加强壮。当他们来到水边时，他跳进了湍急的水流中，沉下去的速度之快、时间之长，让女孩以为他已经被冲走了。她放下弓和箭筒，正想跳入水中找他，突然看见他在离她几大步远的下游重新浮出了水面。一条大鳟鱼在他嘴里来回扑腾，他则挣扎着重新站稳，爬上了岸。

熊走回女孩身边，浑身湿透地站在她面前，嘴里的鳟鱼仍在扑腾。他把鱼扔到草地上，说，你说得没错。

女孩看着熊说,万物都会说话,这可是你说的。你觉得这些鱼都知道附近有头饥饿的熊吗?我们现在怎么办?

熊什么也没说,只是坐在地上吞食他的鳟鱼。吃完后,他再次四肢着地,问女孩,你要来一条吗?

我可以自己捕,她说。

她拿起弓,从箭筒里取出一支箭,轻轻踏入水流。她看得出来,与河面挤满浮冰时相比,水位已下降了很多,但水流依然湍急而危险。她之前从一块石头后面捕到了鱼,熊捕鱼时也经过了那块石头,于是她往上游走,仔细观察河面,寻找河底有类似岩石分布的迹象。她往上游走了二十多步才找到一块,于是慢慢地蹚水过去,就像在陆地上追踪猎物一样。

熊在远处的岸上跟着。他之前从没在森林里见过用弓箭捕鱼的场景。而眼前这个女孩正停在一块刚好被水没过的石头上,凝视着水流,它们在她左右两侧奔涌而过,像是分开的两轮半月。她一动不动地站着,就像熊在旅途中常在小溪和沼泽里看到的翠鸟一样,直到她举起弓,拉开后放出了箭。钓线从弓上飞出去，停了下来。女孩用力拽住线，双手交替把线收回，线的另一端果真有一条鱼。

她用嘴把自己捕到的鳟鱼叼起来，让熊看到。熊把头向后一仰，表示赞许，然后蹚水顺流而下，继续独自捕鱼。

女孩和熊再也没有返回洞穴。那个春天，他们在河岸上住了好几个月相，要么捕鱼，要么寻找荚果蕨、野韭菜，以及他们能在那片沃土上找到的一切食物。若是女孩要找木头做新箭，或是熊想爬树，他们就会在森林里一起行动。每当这时，女孩总是和熊谈起父亲跟她讲过的关于地球、太阳、月亮和海洋的事情。晚上围坐火堆边时，他们会一起想象世界上其他的地方是什么样子，穿越整个海洋会是怎样的感觉。

等到只剩高山上的雪没有融化时，他们便一起动身去了北方。女孩要去她可以渡河，然后带父亲的骨灰回家的地方。熊则要陪她一起旅行，聆听她的故事，其中有些是她从父亲那里听来的，有些是她编出来的。编故事是因为她已经讲光了自己记忆中的那些，可熊还没听够。

一天晚上，他们待在火堆旁。那是在山上的一个小湖边，湖上依然漂浮着宛如无根之岛的冰块。这时女孩问熊他在森林里游荡了多久，还想在森林里游荡多久。

有一阵子了，熊说。我在森林里度过了很多夏天，比我的脚指头还多。这个时间再加上十年，我就不会再从冬眠中醒来了。

女孩坐了下来，注视着火堆。

你不知道自己被赋予了多少时间，对吗？熊问。

嗯，女孩说。

熊隔着火堆看着女孩说，树会知道的。仿佛这便是问题的答案。

旅途的大部分时间里他们都在冒雨走路和爬山，夜晚则躺在悬垂的岩石或茂密的松枝下睡觉，身上打湿还没办法生火时，便只好爬起来继续赶路。可女孩不在乎，熊也一样。他们有东西可吃，这似乎是唯一重要的事。

当他们终于来到女孩和父亲一起渡河的那片石滩时,他们露宿在离汹涌河水最近的小树林里,度过了温暖干燥的几天,还捕到藏在深水中的小鳟鱼,熏制好,以便女孩在回家的最后一段路上有东西可吃。一天晚上,当满月从东边的天空升起时,女孩告诉熊,她已从洞壁上的记号中推算出夏至将在春天最后一个满月出现时到来。也就是这轮满月变为新月后的下轮满月。

熊点点头,什么也没说。女孩问他愿不愿意和她一起去孤山。

那里是你的家,他对女孩说。女孩知道这是拒绝的意思。

你打算干什么?她问。

我是熊,他说。我会四处游荡。

那天晚上,他们尽量将火生旺,围坐在一旁。这次是熊给女孩讲起了故事,这些故事不仅是他母亲讲过的,他在路上遇到过的别的熊也给他讲过。其中一些故事发生时,地球上的每个角落都生活着和女孩一样的人。另一些故事发生在很久很久以前,那时还只有很少的一些人。还有一些故事发生在最开始的时候,那时一个人都没有,森林、大海甚至整个地球都是崭新的。

第二天早晨,熊不见了。早餐时女孩烤了最后一条鱼,用火热了一杯茶,往火堆里添的是她曾用来做烟熏架的树枝。吃完饭,她留在火堆旁,让树枝燃烧,闻着空气中柴火的烟味和新鲜冷杉的气味,想知道自己若是一头熊,会朝哪个方向走。当火堆里只剩下一些没烧光的木块时,她将其中两块放入装满绿叶的锡杯,用泥土盖住火坑里的木炭和灰烬,把松针铺得到处都是。这样一来,这片森林中好像从未发生过任何事情,顶多只有什么人或东西从其中穿越。然后她拿起弓、箭筒和背包,走到了河边。

○

往南边走的时候,空气变暖了,微风中传递来夏天的气息。雏鸟初次飞上天空。幼鹿在母亲的注视下现身灌木丛。小而甜的野草莓在山地草原上成熟。她每天边走边测量影子的长度,发现自己记录的日期是准确的。她看到了记忆中曾和父亲一起走过的地标,然后是新月。

她继续旅行,翻山越岭,穿越谷地,看不见前路时就在森林的庇护下睡觉,日出前便起床,丝毫不浪费白天的时光。她早就吃光了最后一条熏鱼,如今只吃森林里的植物,就像她和父亲曾经做过的那样,因为她不想猎杀那些有幼崽在附近的动物。她也没有生火。

她继续向南。一个晴朗的早晨,最后一轮渐盈月在西方落下,橙色的太阳正从东方升起。女孩站在一处视野开阔的地方向外望,认出了远处那座她绝无可能认错的孤山,山顶像熊的头,走上一整天就能抵达。她扛起背包,走回树冠的掩映中,直奔山谷,朝家的方向行进。

房子看起来和他们离开时一样,只是多了些冬天的痕迹。断裂的松枝和成堆的松针散落在屋顶上,又像垫子一样覆盖了门廊和门口。一棵桦树满是啄木鸟啄的洞,从根部断裂,倒在森林边的工具棚上。当她走近通往前门的台阶时,一只浣熊带着一群幼崽逃跑了。

天气在回暖,屋内却依然寒冷。一年前打扫干净的壁炉里堆满了沾有鸟粪的树叶,桌子也一样,上面满是老鼠和花栗鼠的粪便。她从放诗集的小书架上抽出一本书,封面在她手中脱落下来,于是她把它好好放回原处。她环顾四周,然后走进父亲睡过的房间,发现那里还是老样子,只是多了一分静谧和一些蛛网。他曾用来打猎的弓躺在床上,正是他离开时摆放的地方。他以前常挂在湖边两棵树之间的吊床如今挂在墙壁的挂钩上。她拿起吊床,走回厨房,离开了房子。

第二天天还没亮她就醒了,没有吃早餐。她去塌掉的棚子里拿了一把锄头和一根铁棍,背着背包,手持罗盘,在太阳升起前就向山顶走去。

在小径从森林中穿出的地方,她转身回望,看到了小屋的瓦片屋顶。她在小径上等待着从石阶传来的脚步声,却什么也没听到。她抬头凝视山顶,朝着那里大步走去。

在母亲的坟墓前,她像往常一样把手放在平坦的石碑上。当她在刮个不停的风中摇摆、眺望来时走过的土地时,石碑稳稳地支撑着她。她喝了一口葫芦里的水,取下背包放在地上。她解开绑着的锄头,双手握好,走去离母亲的坟墓几步远的地方,开始用力挥动。

当她在地上敲敲打打、挖出一个坑时,太阳已画着弧线来到了西方。她跪下来,打开背包,取出兽皮,解开,再次看了看父亲的骨头和骨灰。然后她又把兽皮重新卷好放进墓中,用手把泥土推回坑里,直到她所拥有的那个男人的一切都被盖住,消失了。

现在就是我会想念你的日子了。

她站起身,往后退了退,看着地上形成的小碎石堆,突然感受到了男人曾告诉她他在埋葬女人时所感受到的东西。尽管在这片土地上,只有雨雪才能碰到他,但她仍然不希望有任何事情打扰他。于是她开始收集同样大小的石头,用白昼最长那一天里的几个小时在坟墓周围竖起四堵墙,每堵墙横纵各放六块石头,一块穿墙石也没用。然后她开始把自己拿得起、搬得动的任何岩石和小圆石逐一填进去,直到墙内被填满,只剩中间一个洞。她把罗盘放进洞里,在上面盖了一块片麻岩,它的纹理使她想起海上的波浪。

过了很长时间夜幕才降临,星星开始在天空中旋转。山上的夜风拍打着她的脸庞和身体,风中却有一股暖意。自从上次在一年中白昼最长的一天站在这里，让衣服和汗水风干以来，她还是第一次感受到这种温暖。她又饿又累，但不想离开。风从北向南吹过山顶，她蹲在两座坟墓之间，躺在那块石头上，独自待在寂静之中。她已不再是一个女孩，却永远是他们的孩子。

在人生最后的岁月里，老妇人能够与山地与湖岸间的所有生灵交谈。它们一点也不担心擅闯她的地界，毫无畏惧地来到她身边，和她一起吃她种植和采摘的植物、种子和水果。她再也没有见过熊，可即便在她知道他的生命早已走到尽头后，也一直好奇他曾经身处何处，过得怎样。

她已经有好几个季节没爬过父母坟墓所在的那座山了。冬天，她睡在岛上的一个洞穴里，破冰钓鱼。初春到秋末时她搬回湖边，睡在地上或是两棵高大的五针松树之间，在她用藤蔓和绳子编织的吊床上。

她不再进屋了。废弃的书籍，她曾用来写字的皮套中的纸页，还有父亲做的木制家具，都成了在早春和晚秋凉爽的夜晚温暖过她的炉火。窗玻璃碎了，散落在地板上。屋顶和墙壁下垂、变形，不复稳固，直到有一年春天她从岛上回来，发现它们已经坍塌，便把木料和瓦片一块一块扔进火里烧了。

每天早晨，她从大地中起身，等到太阳落山，唯一的光亮只剩苍穹中的星星时便躺下入睡。冬天，她花时间坐在岛上的山毛榉和松树林中，听它们窃窃私语。夏天，她走到湖边，去凉爽的深水中清洗苍老赤裸的躯体，灰色猫鹊的歌声和潜鸟的鸣叫伴在身边，就像她一生中的大部分时间那样。她从水里出来，坐在草地上那刻有父亲很久前做的正午标记的岩石旁，静静倾听树木缓慢而低沉的声音。

一个获月出现的秋季夜晚，夏日里伴她入睡的微风如今像大风一样刮了整夜，她咽下最后一口气，早晨仍躺在满是露水的地面上。整个秋天和冬天她一直躺在那里，在落叶和积雪的覆盖下一动不动。春天，当积雪融化，她柔软而凹陷的身体周围长出了青草、野花和枫树的嫩苗。

夏季到来的第一天,有头熊来到湖边,他曾受托启程前往一座孤山。到达时,他看到了母熊从舔开他眼睛的那刻起就讲给他听的故事中的一切。于是,他明白了自己承诺要做的事。

他收集了一些云杉枝,折断后做成一张毯子,把老妇人的遗骸放上去,带到山顶。在那里,熊搬起石头,用爪子刨土,然后把毯子放在一张平坦的石桌和由四面墙组成的石堆之间。完工时,他挖出的泥土和石头碎片勉强盖住了老妇人躺着的木毯,但不足以作为坟墓的遮盖物。就在这时,他看到了山顶附近露出地面的岩石,有点像旅行中遇到的他那些同类开裂和腐蚀的头部。熊缓步走过去,绕着它的周围走了一圈,后腿着地站起来,用力一推。石头松动了,朝三座坟墓的方向滚落下来。熊推着这块墓石滚动了最后一段距离,安放在他前来埋葬的老妇人之上。

当熊走出树林,借着残月的光亮笨拙地走到一片空地上时,夜已经深了。他蹚进湖里喝了水,又走回岸上,坐在高高的草丛中,仰望天上的星星。任务使他疲惫，他感觉自己仿佛来到了一个结束和开始重叠在一起的地方，在他待在山上的时间里，一切都发生了变化。熊竖起耳朵听，却什么也没听见。没有动物的脚步声。没有树木的低语。没有昆虫的鸣叫。没有水浪的拍打声。对他来说，这种寂静就像冬天一样寒冷而陌生。他想知道自己在那里坐了多久，大地是否曾经短暂地静止了一会儿。这时，森林里的树叶开始沙沙作响，水面上传来了一只潜鸟幽灵般的哀号。熊站起来，伸伸懒腰，转过身，大熊座就在他的右肩上方。接着他出发了，沿湖岸向西移动，天空在他身后开始发白，就像世界本身正在诞生一样。

[全文完]

安德鲁·克里瓦克 | Andrew Krivak

美国作家,曾入围美国国家图书奖决选,并荣获肖陶扩奖和戴顿文学和平奖。主要作品有《熊》《逗留》《信号火焰》等。

克里瓦克与妻子和孩子生活的莫纳德诺克山是本书中孤山的原型,也是爱默生和梭罗的挚爱之地,那里的自然环境激发了作者的很多创作灵感。

熊

作者_[美]安德鲁·克里瓦克 译者_黄建树

产品经理_房静 装帧设计_张一一 产品总监_阴牧云
技术编辑_顾逸飞 责任印制_梁拥军 出品人_贺彦军

鸣谢

胡蝶

果麦
www.guomai.cn

以 微 小 的 力 量 推 动 文 明

Copyright © 2020 by Andrew Krivak
This edition arranged with DeFiore and Company Literary Management, Inc.
through Andrew Nurnberg Associates International Limited

版权合同登记号：图字：11—2024—228

图书在版编目（CIP）数据

熊 /（美）安德鲁·克里瓦克著；黄建树译.
杭州：浙江文艺出版社，2024.10（2025.1重印）. -- ISBN 978-7-5339-7716-0

Ⅰ．I712.45
中国国家版本馆CIP数据核字第2024K8R694号

熊
[美] 安德鲁·克里瓦克 著
黄建树 译

责任编辑	余文军
产品经理	房　静
装帧设计	张一一
出版发行	浙江文艺出版社
地　　址	杭州市环城北路177号　邮编 310003
经　　销	浙江省新华书店集团有限公司
	果麦文化传媒股份有限公司
印　　刷	河北鹏润印刷有限公司
开　　本	787毫米×1092毫米　1/32
字　　数	84千字
印　　张	6
印　　数	6,001—9,000
版　　次	2024年10月第1版
印　　次	2025年1月第2次印刷
书　　号	ISBN 978-7-5339-7716-0
定　　价	49.80元

版权所有　侵权必究
如发现印装质量问题，影响阅读，请联系021-64386496调换。